ZEITREISE

Wie kommst DU zurück ? ? ?

AF272376

Wir danken dem Förderverein
des Steinbart-Gymnasiums
für die finanzielle Unterstützung!

Schüler schreiben Bücher©

ZEITREISE
Wie kommst DU zurück ? ? ?

Die Erben Quintins

Eine Initiative des
LSF Landesverband Schulischer Fördervereine NRW e.V.

…eine starke Verbindung

Impressum

Bibliografische Information der Deutschen Bibliothek:
Die Deutsche Bibliothek verzeichnet diese Publikation
in der Deutschen Nationalbibliografie;
detaillierte Daten sind im Internet über <http://dnb.ddb.de> abrufbar.

©2006 – LSF Landesverband Schulischer Fördervereine NRW e.V.

Umschlagkonzeption: Hilberg & Hilberg Werbeagentur, 42579 Heiligenhaus

Herstellung und Verlag: Books on Demand GmbH, Norderstedt

ISBN 3-8334-5372-9

Kennst Du Helden aus anderen Geschichten??
Hier erzählt keine andere Person ihre Geschichte, sondern
DU
gehst Durch deine eigene Story.
Was Du erlebst, ist allein deine Entscheidung!

Lies dieses Buch nicht von der ersten bis zur letzten Seite, sondern fange auf der ersten Seite an und lies weiter, bis Du zum ersten Mal wählen kannst. Entscheide, was Du tun willst und lies dann auf der angegebenen Seite weiter. Wir, die Erben Quintins vom Steinbart Gymnasium in Duisburg haben unsere erste Wahl schon längst getroffen und sind unserer Geschichte nachgegangen. Wir wünschen dir viele spannende Momente und interessante Erlebnisse in deinem neuen Leben! Aber sei vorsichtig – man weiß nie, auf wen oder was man trifft! VERTRAUE NICHT JEDEM!

Montag

Nachdem Du lange sieben Stunden Schule hinter dich gebracht hast und völlig müde nach Hause kommst, hättest Du nicht erwartet, dass deine Mutter noch nicht mit dem Hund draußen war. Frustriert machst Du dir die Linsensuppe von gestern warm, nimmst dir den Teller und setzt dich an den Küchentisch. Kaum sitzt Du, kannst Du dich kaum noch kontrollieren und hängst vor Müdigkeit nach drei Löffeln schon fast in der Suppe. War wohl doch etwas spät gestern Abend...

Wahrscheinlich wäre dein Kopf nach einem weiteren Löffel unsanft in den Teller gefallen, wenn dich nicht ein unheimlich lautes Geräusch unsanft geweckt hätte. Vor Schreck sitzt Du kerzengerade auf dem Stuhl. Dein Herz klopft, bis dir einfällt, dass vermutlich einer eurer Nachbarn wieder einen Ausraster bekommen hat, was fast jeden zweiten Tag vorkommt. Trotzdem war es heute von Vorteil, weil Du plötzlich eine unheimliche Lust verspürst, mit deinem Hund Gassi zu gehen. Du holst dir die Leine und machst sie am Halsband deines Mischlings fest. Mr. Bean freut sich sehr und wedelt nicht nur mit dem Schwanz, sondern wackelt mit dem ganzen Körper. Auf geht's! Du knallst die Tür hinter dir zu und bist schon nach wenigen Minuten im nah gelegenen Wald. Mit einem Griff befreist Du Mr. Bean von der Leine und er rennt sofort los. Du immer hinterher. Nach einer Viertelstunde bleibt er plötzlich stehen. Du auch. Du bist völlig aus der Puste. Als Du wieder zu Luft gekommen bist, fällt dir auf, dass an dem Ort, wo Du dich gerade befindest, Totenstille herrscht. Das einzige, was Du hörst, ist das Hecheln von Mr. Bean und dein eigener Atem. Mr. Bean schnüffelt an etwas herum. Du willst sehen, was es ist und schiebst ihn ein wenig zur Seite.

Was ist denn das? Du stehst direkt vor einem Grabstein, der von Moos überwuchert ist. Du versuchst, es mit den Fingern ein wenig wegzukratzen – und es gelingt! Vorsichtig streichst du mit den Fingern über die Buchstaben, um zu lesen, was dort geschrieben steht. Plötzlich gibt es einen lauten Knall...

Als Du dich von deinem Schrecken erholt hast und Dich umsiehst, traust Du deinen Augen nicht! Der Wald ist verschwunden und du befindest Dich auf einem Marktplatz. Überall um Dich herum sind Stände mit Obst, Fisch und Getreide. Wo bist Du hingeraten? Wo ist Mr. Bean? Unsicher schaust Du ein wenig weiter und siehst einen Stand, an dem ein Mann in einem von Staub bedeckten alten Kittel ein paar Hufeisen schmiedet. Frauen in altertümlichen Kleidern laufen von Stand zu Stand und ein Mann verhandelt mit einem weiteren über den Preis einer Ziege.

Auf einmal kommen dir doch tatsächlich zwei Ritter hoch zu Ross in glänzender Rüstung entgegen.

In der einen Hand haben sie jeweils die Zügel, in der anderen ein Schwert, das sehr spitz aussieht und das Licht der Sonne reflektiert. Ehe Du weglaufen kannst, bleiben sie vor Dir stehen und steigen von ihren Pferden. Dein Herz klopft mit jedem ihrer näher kommenden Schritte immer lauter….

Entscheide dich! Wenn Du den Mut verlierst, und wegrennst, lies weiter auf Seite 19 ♦. Möchtest Du aber lieber stehen bleiben und die Ritter fragen, wo um alles in der Welt Du eigentlich bist, lies weiter auf Seite 50 ♠.

Wo bist du denn jetzt angelangt? Du bist völlig irritiert und schaust dich unsicher und ängstlich um. Alles kommt dir so unbekannt und komisch vor… Träumst Du? Du zwickst dich in den Arm. Nichts passiert. Bist du doch wach?

Da dringen dir seltsame Laute in die Ohren. Sie wirken magisch auf dich und eine Hand scheint dich zu packen. Sie zieht dich an den Häusern vorbei, die so umwerfend gebaut sind, dass du deinen Blick nicht von ihnen wenden kannst und deine Unsicherheit und Angst vergisst. Sie sind so hoch, dass man ihre Dächer auf Grund der tief hängenden Wolken nicht erkennen kann. Gleichzeitig aber auch schmal und zerbrechlich. Sie rauschen und biegen sich im Wind wie Bäume. Du willst stehen bleiben, um sie genauer zu betrachten, doch deine Beine gehorchen dir nicht. Plötzlich wirst du aus deinem Staunen gerissen, denn die Geräusche werden immer lauter und du siehst ihre Quelle.

Zwei roboterartige Wesen tauchen vor dir auf. Allerdings scheinen sie dich noch nicht bemerkt zu haben. Du siehst dich um. Wo kann man sich hier am besten verstecken? Panik steigt langsam in dir auf, deine Kehle ist wie zugeschnürt. Um Hilfe rufen kannst du nicht – andererseits wäre das aber vielleicht auch viel zu gefährlich. In deiner Angst, entdeckt zu werden, springst du hinter eine dicke Kiste.

Was ist denn das? Die Kiste beginnt, mir dir zu sprechen... Du zitterst am ganzen Körper… „Hallo Fremder", zischt dir eine kaum zu verstehende Stimme zu, „woher kommst du?" „Ich... ich...", stammelst du. Nun hat es dir endgültig die Sprache verschlagen. Plötzlich öffnet sich die Kiste und ein kleiner Roboter, er geht dir gerade einmal bis zum Knie, springt aus der Kiste. „Überraschung!!!", ruft er und hüpft um dich herum. Fast musst du lachen, so komisch sieht das aus. „Herrjemine, wie siehst du denn aus? Du kleidest dich ja wie die Urururururoma meiner Herrin!" Hektisch befühlt der kleine Roboter deine Hose und versucht, dich mitzuziehen. „Das musst du schleunigst ändern, sonst halten dich hier alle für verrückt! Komm hier entlang!"

Entscheide dich! Wenn du dem Roboter folgen und ihm dein Vertrauen schenken möchtest, lies weiter auf Seite 32 ♣. Wenn du ihm allerdings nicht traust, lies weiter auf Seite 16 ♠.

♣

Du fällst in eine dunkle Leere, alles ist schwarz. Du weißt nicht wo du bist. Endlich siehst du ein Licht, es kommt immer näher auf dich zu. Du weißt nicht ob du Angst haben sollst oder dich freuen sollst, nachdem, was du bis jetzt schon erlebt hast. Aber nun gibt es kein Zurück mehr, du musst wohl wieder allen deinen Mut zusammen nehmen. Du fällst und fällst – und fällst. Es wird kälter. Wirst du das überleben? Du schließt die Augen… Auf einmal landest du – aber nicht wie erwartet auf etwas Hartem, sondern weich. Es fühlt sich an, wie eine Art Sitz. Dieser erinnert dich sehr an die Zeit der Römer. Es ist aber kein Stuhl, wie du später bemerkst, sondern einfach ein Kissen auf einem Steinboden.

Nachdem du dich etwas erholt hast, blinzelst du vorsichtig in die Umgebung. Du bist in einem großen Raum, und du bist nicht allein, wie du feststellst. Neben, vor und hinter dir liegen Menschen, die du nicht kennst. Sie sind in kostbare Gewänder gehüllt. Als du dir deine Kleidung anguckst, stellst du fest, dass du genau so seltsam gekleidet bist. Auch du trägst eins dieser Gewänder. Du merkst, dass es mit viel Mühe fertig gemacht wurde. Nach näherem Hingucken, stellst du fest, dass es eine Toga ist, so eine wie die Senatoren sie immer tragen. Jetzt vermutest du, dass du wohl im alten Rom gelandet bist. Dieser Verdacht bestätigt sich bald, denn schon fängt ein Mann, der dir in seltsamer Weise bekannt vorkommt, an zu sprechen…

Moment, ist das nicht Gaius Julius Cäsar, über den du letztens noch einen Film gesehen hast? Du ziehst ängstlich die Schultern hoch und wirfst vorsichtige Blicke nach links und rechts. Gut, über das alte Rom weißt du Bescheid. Auch bist du bisher nicht aufgefallen und trägst auch die richtige Kleidung. Was spricht dagegen, hier zu bleiben? Andererseits weißt du genau, dass im alten Rom nicht lange gefackelt wurde. Ein falsches Wort – oh je... Bei Wort fällt dir dein letzter Lateintest ein. Er liegt noch zuhause in deiner Schultasche. Wieder eine 5... Was wird wohl deine Mutter sagen? Aber das ist jetzt wohl dein geringstes Übel. Immerhin musst du erst einmal wieder nach Hause kommen und das erscheint dir nicht gerade einfach zu sein. Du musst schwer schlucken...

Entscheide dich! Wenn es dir besser zu sein scheint, bevor du jetzt in Trübsal vergehst, möglichst schnell den Raum zu verlassen, lies weiter auf Seite 55 ♠. Wenn du deine unglücklichen Gedanken mit einer Hand beiseite schiebst und beschließt, erstmal ruhig zuzuhören, wie es hier weitergeht, lies weiter auf Seite 34 ♥.

♠

Wieder fällst du und fällst und fällst. Hoffentlich geht das wieder gut aus, denkst du! Und hoffentlich lande ich wieder weich! – Aber nichts geschieht. Du fällst weiter. Mühsam versuchst du, während du immer schneller und schneller fällst, auf die Leuchtzeiger deiner Uhr zu schauen, aber um dich herum ist alles so pechrabenschwarz, dass kein Lichtschimmer durchdringen kann. Auch werden deine Arme so an dich gepresst, dass du dich kaum frei bewegen kannst meinst. Langsam verzweifelst du. Du meinst, es wären Stunden über Stunden vergangen. Immer noch ist um dich herum nur dunkle Tiefe. Du schließt die Augen. Etwas Nasses rinnt deine Wange herab. Auf einmal wird dein Fall gebremst und du landest weich. Erleichtert, dass du noch lebst, wischt du dir schnell dein Gesicht ab. Hoffentlich hat keiner deine Schwäche erlebt! Das wäre ja peinlich! Anschließend besinnst du dich, merkst, dass du Arme und Beine noch normal bewegen kannst, zwickst dich noch mal in den Arm, weil du die Hoffnung nicht aufgibst, einfach aufzuwachen und diesem Albtraum zu entkommen. Aber nichts passiert. Du bist nach wie vor – ja eigentlich wo? Vorsichtig hebst du deinen Kopf und schaust dich um. Was ist denn das? Du liegst in einem riesigen Nest, das aus Moos und getrocknetem Gras besteht. Neben dir liegen drei globusgroße Eier. Sie sind so groß, wie du noch nie Eier gesehen hast. Und recht kühl. Wo bist du gelandet? Bist du durch den Fall geschrumpft oder sind die Eier tatsächlich so groß? Und wie kannst du das herausfinden?

Als du die Eier so anstarrst und nicht recht weißt, was du von allem halten sollst, werden deine Augen immer größer. Die eben noch so glatte Eierschale bekommt auf einmal Risse. Immer mehr und mehr – bis ein Ei aufplatzt. Du hast zwar schon einiges erlebt aber das übertrifft alles. Ein kleines Köpfchen hebt sich aus dem Ei empor. Jetzt, denkst du, jetzt werde ich endlich wissen, wo ich bin und ob ich noch einen normalen Körper habe! Voller Hoffnung schaust du dir das Köpfchen näher an… Oh nein! Das darf doch nicht wahr sein… Es ist – du wagst es kaum zu denken – es ist das Köpfchen eines kleinen Flugsauriers, der noch ein wenig unsicher langsam noch nasse aber goldschimmernde Flügel entfaltet. Wunderschön sieht der Kleine aus – nur sein Blick, der interessiert auf dir ruht, stört dich. Er sieht so hungrig aus… Nichts gegen Saurier, Saurier sind dein Hobby und du hast dir eigentlich immer gewünscht, einmal einen Saurier zu sehen, doch hast du nicht damit gerechnet, jemals in eine so eine Situation zu kommen. Natürlich weißt du, was der Saurier gleich machen möchte – und da sind ja auch noch die zwei anderen Eier…

Der Flugsaurier schwenkt seine Flügelchen, stolpert, richtet sich wieder auf und rutscht langsam näher zu dir hin. Du hast das Gefühl, es sei wesentlich besser, möglichst schnell von hier zu verschwinden. Langsam wendest du deinen Kopf ein wenig und blickst aus dem Nest. Dieses befindet sich auf einen emporragenden Felsen, ringsherum siehst du nichts als Urwald. Verflixt, denkst du. Als hättest du nicht schon genug Sorgen, ertönt plötzlich ein lauter Schrei, der dich aus deinen Gedanken reißt. Erschreckt stellst du fest, dass sich die vermutliche Mutter der kleinen Saurier dem Nest im Fluge nähert. Du gerätst in Panik.

Entscheide dich! Wenn du versuchen willst, aus dem Nest herauszuklettern und wegzurennen, lies weiter auf Seite 30 ♦. Wenn du beschließt, dass der Saurier dich wohl eher im Nest übersieht (immerhin bist du ja im Verhältnis sehr klein) und du versuchst, ein Versteck zu finden und unbemerkt im Nest zu bleiben, lies weiter auf Seite 45 ♦.

♣

Plötzlich steht wieder derselbe alte Mann vor dir, den du schon vorher auf dem großen Platz gesehen hast. Er sieht dich an. Das hier wird doch wohl nicht das Rathaus sein? Oder? Ist etwa der Mann der Bürgermeister? Er sagt kein Wort und sieht dich nach wie vor nur streng an. Unsicher versuchst du ein Lächeln. Immer noch sagt er kein Wort. Seine Augen scheinen dich zu durchdringen. Plötzlich hebt er seinen Arm und weist dich mit dieser Bewegung zu einer großen Holztür. Es gibt kein Zurück. Seine Geste ist so bestimmt und herrisch, dass du dich fast automatisch in Bewegung setzt. Nachdem du ein paar Schritte gemacht hast, zögerst du und siehst, dass in die Tür etwas hineingeschrieben wurde. Doch bevor du es dir anschauen kannst, tritt der Mann hinter dich. Vorsichtig schaust du dich um. Sein Gesicht erscheint dir noch strenger und unnachgiebiger. Langsam gehst du weiter. Aus dem Raum, der wohl hinter der Tür liegt, hörst du laute Schreie. Du beißt die Zähne zusammen und öffnest die Tür.

Als du eintrittst, stehst du auf einem großen Podest, das gewisse Ähnlichkeiten mit einer Bühne hat. Neben dir stehen viele starke Männer, aber auch Frauen und Kinder, die einfach gekleidet sind. Manche haben auch nur einen Fetzen umgebunden, andere sind nackt. Einer nach dem anderen wird nach vorne geschoben und zur Schau gestellt. Vor dem Podest steht eine Menschenmenge. Sie ist aufgeregt und ruft laut durcheinander. Bevor du dich weiter umschauen kannst, bist du an der Reihe. Unsanft wirst du von einem Mann in den Vordergrund geschubst. Augenblicklich fängt die Menge an zu schreien. Langsam wird dir klar, was sie sagen. Sie wollen dich kaufen! Sie bieten für dich! Dir geht ein Licht auf: Du wirst hier als Sklave verkauft! Du drehst dich um und willst erklären, dass du kein Sklave bist. Verzweifelt wendest du dich an den Mann, der dich eben so unsanft geschubst hat – doch es hat keinen Sinn. Je mehr du gestikulierst, desto mehr verfinstert sich seine Miene. Du siehst ein, dass es zwecklos ist, mit ihm reden zu wollen und willst dich gerade resigniert umdrehen, als du einen so kräftigen Stoß bekommst, dass dir die Sinne schwinden…

 *Lies weiter auf Seite 4 ♦.*

„Oh nein was denkst du denn? Wie sollte ich denn aus der Zukunft hierher gelangt sein? Das ist doch unmöglich." „Ich dachte nur, dass es möglich wäre, da du ja auch so komische Kleidung trägst." Artus blickt an dir herunter und deutet auf deine Jeans. „Das gehört alles zu meiner Ausstattung.", wischst du seinen Einwand beiseite. Du möchtest alles tun, um hier ein ganz normales Leben zu führen, was auch heißt, dass du unbedingt verheimlichen musst, dass du aus der Zukunft kommst. Dein sehnlichster Wunsch ist es, hier zu bleiben. Dazu musst du dich so normal wie möglich verhalten, damit alle dir glauben und du in die Gemeinschaft aufgenommen werden kannst. Natürlich wirst du deine Familie ein wenig vermissen, doch das Leben auf einer solchen Burg erscheint dir viel besser und aufregender zu sein, als das ewige zur Schule gehen, den Hund ausführen und die 5en beichten. Vielleicht kannst du ja auch irgendwann noch wieder heimkehren? Immerhin hat Merlin ja ein paar Zauberkräfte, wie du gelesen hast. Dann hättest du viel zu berichten und könntest im

Geschichtsunterricht glänzen. In Gedanken lächelst du Frau Zeisig zu. Doch das ist Zukunftsmusik. Vorerst willst du hier bleiben. Diese Kultur kennen lernen. Einfach leben. „Sag mal könntest du mir nicht normale Kleidung besorgen? Ich möchte mich nicht so sehr von den anderen unterscheiden." Verwirrt blickt Artus dich an: „Ich dachte die Kleidung gehört zur Ausstattung...." „Ähm, ja schon, aber wenn jetzt schon solche Gerüchte umhergehen ist es doch anders besser." Na toll, so etwas darf dir nicht noch ein Mal passieren. Du ärgerst dich über dich selbst. Kein Wunder das einige schon Verdacht geschöpft haben. Erst etwas misstrauisch meint Artus: „Ich lasse dir die Kleider morgen bringen." Dann fügt er aber freundlich hinzu: „Außerdem wird dir eine Zofe zugestellt, die dir die Burg zeigt. Du wirst sehen wie schnell du dich eingewöhnen wirst. Deine einzige Aufgabe ist es ein paar Geschichten zu erzählen wenn mein Vater ein Fest veranstaltet, doch das kannst du ja gut." Er lächelt dir zu und verlässt dein Gemach.

Das klingt doch nach einem schönen Leben und du freust dich sehr. Wäre da nur nicht diese dumme Stimme aus deinem Unterbewusstsein, die dir ständig sagt, dass du schon ziemlich bald wieder nach Hause kommen wirst... Wahrscheinlich bist du einfach zu überdreht und übermüde. Sicherlich geht auch diese Stimme wieder weg, wenn du endlich einmal wieder ausgeschlafen bist. Behaglich legst du dich nieder, um ein wenig auszuruhen, denkst noch ein wenig an die kommenden schönen Wochen, Monate – vielleicht ja auch Jahre? Doch bevor du dir diese Frage beantworten kannst, bist du auch schon eingeschlafen…

Lies weiter auf Seite 37 ♥.

Du gehst in das Haus und stehst in einem lang gezogenen, wenig möblierten Raum. Kein Mensch ist zu sehen. Es herrscht Totenstille. Vorsichtig gehst du weiter und kommst durch einen Durchgang in ein anschließendes Zimmer. Kaum hast du den Raum betreten, fährst du erschrocken zusammen. Inmitten des Raumes liegt ein Mensch. Ein Mann. Er scheint tot zu sein und als du näher trittst entdeckst du, dass er erschossen wurde. Wäre nicht das Loch inmitten der Brust, könnte es fast sein, dass er schläft, so friedlich sieht er aus. Du kennst den Mann nicht, aber als du ihn betrachtest, siehst du ein Papier auf ihm liegen. Es sieht aus wie ein Pass. Du willst dich bücken, um zu erkennen, wie der Name auf dem Pass heißt, doch plötzlich fällt ein Schuss. Er trifft dich am Bein. Es tut schrecklich weh und aufschreiend sackst du zusammen. Bevor du ohnmächtig wirst, siehst du noch wie ein Mensch, vom Körperbau her wahrscheinlich ein Mann, durch die Hintertür türmt. Durch den Luftzug flattert das Papier, was eben noch auf der Leiche lag, langsam zu Boden, doch bevor es noch unten angekommen ist, wird dir schwarz vor Augen.

Als du wieder aufwachst, schmerzt dein Bein unerträglich. Dennoch willst du diesen ungastlichen Ort möglichst schnell verlassen. Du verbindest dein Bein provisorisch indem du es mit einem Taschentuch abbindest und bewegst dich anschließend langsam auf dem knarrenden Holzboden zur Leiche hin. Du meinst, es dauert Stunden. Als du endlich angekommen bist, erkennst du, dass das Papier, was jetzt neben der Leiche liegt, tatsächlich so etwas wie ein Pass ist. Du faltest es auf und entdeckst einen Namen. Steven Hank. Wie du dem Papier entnehmen kannst, war Steven Hank 34 Jahre alt. War? Du überlegst. Wem gehört der Pass eigentlich? Der Leiche oder dem Mörder, der auch dich verletzt hat? Das wirst du wohl nur dann herausfinden, wenn du erst einmal aus diesem Haus herauskommst. Dein Bein schmerzt immer noch, doch als du die Wunde anschaust, erkennst du, dass sie zwar stark blutet, doch eigentlich nicht so gefährlich ist, da die Kugel dein Bein nur gestreift hat. Erleichtert ziehst du dein T-Shirt aus und bindest es zusätzlich zum Taschentuch über die Wunde. Vorsichtig richtest du dich auf. Dir wird ein wenig schwindelig, doch als du einen Moment stehen bleibst, scheint es zu gehen. Du beschließt, den nächsten Polizisten – oder sagt man hier Gendarmen? – aufzusuchen, das Geschehene zu berichten und nach einem Arzt zu fragen. Du steckst den Pass in deine Hosentasche und humpelst langsam aus dem Haus heraus. Kaum stehst du draußen im Sonnenlicht, siehst du auf der anderen Seite einen Steckbrief. Auf ihm steht mit großen Druckbuchstaben STEVEN HANK - WIRTSMÖRDER. Darunter ist ein Foto eines bärtigen, unfreundlich aussehenden Mannes. Oh je, da bist du ja in etwas hineingeraten… Du humpelst weiter und willst so schnell wie möglich zur Polizei. Doch was ist das? Auf einmal springt ein Mann vor dich, wirft dir ein Messer zu und zieht daraufhin sein eigenes aus dem Gürtel. Voller Angst erkennst du, dass er genauso aussieht, wie das Bild auf dem Steckbrief. Schützend hältst du deine Arme vor dein Gesicht. Doch er will mit dir kämpfen. Du wehrst dich, verteidigst dein Leben, es beginnt ein wilder Zweikampf, im Laufe dessen und ihn entwaffnen kannst. Doch dann zieht er erneut die Schusswaffe, entsetzt schaust du ihn an, er zielt – und tötet dich.

Hier endet deine Geschichte! Fange noch mal von vorne an und versuche, den richtigen Weg zu finden. Wenn du dich bemühst, wirst du es vielleicht schaffen, doch noch nach Hause zu kommen! Viel Glück!

Hungrig und verzweifelt gehst du weiter. Inzwischen ist die Sonne unter gegangen. Völlig erschöpft wankst du durch den Dschungel. Wärst du doch bloß nicht zu diesem dämlichen Grabstein gegangen, denkst du. Doch kaum hast du das gedacht, stößt du an etwas Hartes. Vorsichtig tastest du den Gegenstand ab und merkst, dass es sich um einen Stein handelt, der – du wagst es kaum zu glauben – die Form eines Grabsteines hat. Ob das der alte Grabstein ist? Aber wie kommt er in den Dschungel? Egal, denkst du, und hoffst, dass der Stein dich irgendwie wieder sicher nach Hause bringt. Du drückst und tastest und tust alles Mögliche, um von dem Stein wieder verschluckt zu werden, doch es scheint zwecklos. Der Stein rührt sich nicht. Als du schon aufgeben willst und dich dem Grabstein abwendest, spürst du, wie du nach hinten gezogen wirst. Dir wird schwarz vor Augen…

Lies weiter auf Seite 57 ♥.

Nach kurzem Überlegen folgst du dem Mann in einen sehr kleinen Raum und er erzählt dir, wo sich deine Unterkunft befinden wird. Nach dem Gespräch mit ihm begibst du dich in das für Soldaten vorgesehene Lager. Es ist ein wenig ungemütlich, da du in einem Zelt schlafen musst, aber wenn du überlegst, ist diese Alternative immer noch besser, als von wilden Tieren getötet zu werden. In der Nacht schläfst du nicht ruhig, da am nächsten Morgen der lange Marsch nach Gallien schon beginnen soll. Du fragst dich viele Stunden, wie du überhaupt einen möglichen Kampf bestehen kannst, da du doch weder ein Krieger bist noch weißt, wie man mit den alten Waffen umgehen kann... Unruhig wälzt du dich auf dem harten Lager hin und her und fällst erst in den Morgenstunden in einen unruhigen Schlaf, aus dem du plötzlich sehr unsanft geweckt wirst.

11

Im Anschluss an ein kleines Mahl, bei dem du von dem alten Brot kaum satt wirst, beginnt der lange Marsch auch schon. Schon nach einiger Zeit schmerzen deine Füße und du bereust deine Entscheidung sehr. Nur am Mittag wird Rast gemacht und das nicht um etwas zu essen, sondern um die Fähigkeiten aller Krieger zu überprüfen. Am Ende des Tages kannst du dich kaum noch auf dem Beinen halten. Dennoch schläfst du auch in dieser Nacht schlecht und überlegst, wie viele Tage du noch reisen musst, um endlich nach Gallien zu kommen. Zehn weitere Tage vergehen. Doch endlich, am Abend des 10. Tags, sagt der Zenturio, dass ihr endlich angekommen seid und noch am selben Tag das am nächsten liegende Dorf angreifen werdet. Du hast Angst in die Schlacht zu ziehen, also spielst du mit dem Gedanken, dass du die Gallier vielleicht vor dem Angriff warnen könntest und sie überreden könntest, mit dir in die Wälder zu fliehen.

 Entscheide dich! Falls du die Gallier warnen möchtest, lies weiter auf Seite 48 ♣. Denkst du, dass es vielleicht doch besser ist in der römischen Armee zu bleiben, lies weiter auf Seite 26 ♦.

♣

Du gehst zu ihnen hin sagst, dass du ein guter Mensch bist und fragst sie warum sie so bunt angezogen sind? Ihr Kommandant antwortet mit den Worten: "Was geht dich das an!" Sie nehmen dich mit und bringen dich zu ihrem Oberkommandierenden. Der jedoch will dich nicht sehen und schickt dich aus dem Lager. Du gehst aufs Land und siehst arme Menschen auf Feldern arbeiten. Am Horizont kann man einen Wald erkennen. Du entdeckst ein Gutshaus und läufst dort hin. Es ist für die Zeit, als Landhaus sehr groß und hat mindestens 3 Stockwerke. Es sieht sehr einladend aus. Als du vor der Tür stehst und klopfen willst, hörst du, wie sich zwei Männer streiten. Auf einmal fällt ein Schuss und es ist plötzlich ganz still. Dich drängt dein Gewissen: du musst nachsehen was passiert ist. Aber du hast auch große Angst, denn wenn der Schütze noch im Haus ist, könntest du ziemlich schnell das Gleiche erleiden, was wahrscheinlich der eine Mann im Haus erlitten hat…

Entscheide dich! Wenn deine Angst größer ist, als dein Gewissen, und du dich leise davon stiehlst, lies weiter auf Seite 19 ♥. Wenn du deinem Gewissen folgst und nachguckst, was geschehen ist, lies weiter auf Seite 9 ♦.

♥

Plötzlich stehst du auf einem Marktplatz. An den bunten Ständen drängen sich Frauen in altmodischen Kleidern mit gefüllten Holzkörben. Du blickst an dir hinunter und bemerkst, dass du auch solche seltsame Kleidung trägst. Langsam gehst du durch die Gassen. An einem großen Haus bleibst du stehen. An der großen Holztür hängt ein Schild: Zofe gesucht. Du bist begeistert und klopfst vorsichtig an die Tür. Als dir nach einer Minute niemand öffnet, willst du schon weitergehen, doch plötzlich öffnet sich die Tür knarrend.

Auf der Schwelle steht ein Mann in einem schwarzen Anzug. „Ja?", fragt er. Du antwortest: „Ich möchte mich um die Stelle der Zofe bewerben." Er schaut dich erst etwas kritisch an, winkt dich aber dann doch mit einer Handbewegung in das Haus. Du stehst in einer großen Eingangshalle. Überall hängen hübsche Gemälde und in einer Ecke steht eine große Wanduhr. Der Mann im Anzug führt dich in ein Zimmer, in dessen einer Ecke in einem Kamin ein kleines Feuer brennt. Dankbar setzt du dich an den wärmenden Kamin und wartest. Ein paar Minuten später öffnet sich die Tür und ein etwas älterer, gut gekleideter Mann mit einem Schnurrbart betritt den Raum. Er stellt sich als der Herr auf dem Gut vor. Zuerst will er von dir wissen, wer du bist und woher du kommst und bringt dich mit diesen Fragen ganz schön ins Schwitzen. Schnell überlegst du, was du sagen könntest. Da er so einen freundlichen Eindruck macht, erklärst du ihm einfach, dass du eine Waise seist und heimatlos bist.

Anscheinend gefällt ihm dein offenes Auftreten und er bietet dir an, dich zur Probe einzustellen. Als ihr deine neuen Pflichten besprecht, wird dir klar, dass du ab jetzt keine Freiheit mehr hast… Du musst sehr schlucken und denkst darüber nach, ob du wirklich bleiben willst. Als aber der Gutsherr zu dir meint, du könntest dir aussuchen, ob du auf dem Gut bleiben willst und seine Tochter kennen lernen willst oder ob du mit ihm auf Reisen gehen möchtest, sieht die Zukunft in deinen Augen doch wieder rosiger aus und du überlegst.

Entscheide dich! Bleibst du auf dem Gut und lernst die Tochter deines neuen Herrn kennen, lies weiter auf Seite 56 ♣. Gehst du mit deinem neuen Herrn auf eine geschäftliche Reise, liest weiter auf Seite 25 ♥.

Mit deinem Anteil könntest du dir ein eigenes Haus kaufen. Das wäre genau das Richtige für dich. Also zahlt dir John deinen Anteil und du schaust dich bereits zwei Tage später nach einem Haus um. Die ersten beiden gefallen dir gar nicht, doch das dritte ist einfach schön. Es hat zwölf Zimmer, einen riesigen Garten und zu dem Haus gehört sogar ein Stück Wald. Das ist es. Schon einen Monat später sitzt du glücklich in deinem Sessel vor dem Kamin. Es war die richtige Entscheidung, das Haus zu kaufen und du denkst kaum noch an dein altes Leben zurück. Schule? Hausaufgaben? Du kannst dich kaum noch erinnern. Während du so nachdenkst, brennen die Kerzen langsam herunter.

Als sie fast am Ausgehen sind, beschließt du, nun doch ins Bett zu gehen, nimmst einen Kerzenhalter und steckst eine Kerze hinein. Du hältst sie über den Kamin und schon brennt der Docht. Vorsichtig steigst du die große Wendeltreppe zu deinem Schlafzimmer hinauf. Draußen ist es bereits stockdunkel, nur der Mond zieht über den nächtlichen Himmel. Du ziehst dich um und legst dich in dein großes Himmelbett. Müde pustest du die Kerze aus und stellst sie auf deinen Nachttisch. Alles ist still. Du schläfst ein. Du träumst von deiner Familie. Was die wohl gerade machen?

Plötzlich wachst du auf. Ein vermummter Mann beugt sich drohend über dich. Du bekommst einen riesigen Schreck. Laut schreist du auf als sich eine Hand auf deinen Mund legt. Erschrocken schaust du hoch und erkennst, dass der Mann in der anderen Hand ein Messer hat, das im Mondschein aufblitzt. „Ich werde alle deine Schätze mitnehmen. Dann bin ich ein reicher Mann!“, sagt er. Deine Augen weiten sich. Ist es sogar schon bis zu den Dieben und Mördern durchgesickert, dass du so reich bist? Der Mann hebt sein Messer und sticht zu. Der Schmerz ist unerträglich. Du willst schreien, es ist nichts

14

zu hören. Die traurigen Augen deiner Mutter schauen dich an – dann spürst du nichts mehr.

Hier endet deine Geschichte! Fange noch mal von vorne an und versuche, den richtigen Weg zu finden. Wenn du dich bemühst, wirst du es vielleicht schaffen, doch noch nach Hause zu kommen! Viel Glück!

Du bleibst lieber auf dem Pfad, hastest weiter durch den Wald und hoffst, einen Ausgang aus diesem Dschungel zu finden.

Doch lauter und lauter wird das Knacken des dich verfolgenden Sauriers. Du versuchst, deine Geschwindigkeit noch mal zu steigern – aber es hilft nichts. Schon verspürst du den heißen Atem des Sauriers. Er ist nur noch wenige Meter von dir entfernt. Mit dem Mut der Verzweiflung springst du über einen Baumstamm und versuchst, die nächstgelegene Ranke zu erreichen.

Doch plötzlich spürst du einen stechenden Schmerz an deinem Knie und sackst zusammen. Hilflos liegst du da und siehst mit Schrecken zu, wie sich der Saurier über dich beugt. Du hättest dich doch lieber verstecken sollen. Das letzte was du spürst, sind scharfe Zähne, die sich langsam in deine Haut bohren…

Hier endet deine Geschichte! Fange noch mal von vorne an und versuche, den richtigen Weg zu finden. Wenn du dich bemühst, wirst du es vielleicht schaffen, doch noch nach Hause zu kommen!

„Nee, ich bleibe lieber hier", antwortest du. Dies scheint dir eine bessere Idee, da du den Roboter nicht kennst und auch nicht weißt, wo du dich befindest. Während du so vor dich hin überlegst und dich dabei umschaust, legt sich plötzlich eine kalte Hand auf deine Schulter und zieht dich unsanft nach hinten. Wie aus Reflex wendest du deinen Kopf und schaust in zwei glühende Augen. Du bist wie gelähmt, willst schreien, doch kein Laut dringt aus deinem Mund. Nur Fragen schwirren in deinem Kopf. Wo bin ich? Was wollen die Roboter von mir? Da fällt dir der Spruch des Kleinen wieder ein: „Du siehst aus wie meine Urururururoma". Ja, das muss es sein, du befindest dich in der Zukunft. Doch dein Gedankengang wird von einer rauen Stimme unterbrochen: „Was hast du hier zu suchen Fremder?" Jetzt schweift dein Blick über die Person vor deinen Augen. Es ist ein Mann mittleren Alters, ziemlich groß, kräftig und mit schwarzem, stacheligem Haar. Doch die Hand, die deine Schulter immer noch umschließt, ist nicht die seine. Sie stammt von einem der beiden Roboter, die wie Bodyguards neben ihm stehen.

„Nehmt ihn mit!", befiehlt der Mann. „ W-w-w-arum, w-w-w-was h-h-h-habe i-i-i-ich g-g-g-getan?", stotterst du. „Es ist schlecht ohne Erlaubnis hier zu sein, aber noch schlechter, Fremder zu sein", mehr sagt er nicht. Also das meinte der kleine Roboter damit, dass es besser wäre schnellstens zu verschwinden. Hättest du dich doch bloß anders entschieden. Doch es bleibt keine Zeit darüber nachzudenken, welche Entscheidung besser gewesen wäre, denn der Mann befiehlt seinen Robotern zum zweiten Mal, dich zu ergreifen. Noch bevor die Roboter reagieren können, reißt du dich los und rennst ohne darüber nachzudenken weg. Einfach nur weg. Doch du stolperst. Ein schmerzender Stich durchzieht dein Knie. Es tut so weh, dass du nicht mehr aufstehen kannst. Du wendest deinen Kopf zu deinen Verfolgern um. Sie kommen näher und näher. Doch bevor sie dich packen können, wird es so schwarz um dich herum, dass du deine Verfolger nicht mehr erkennen kannst. Du verspürst einen geheimnisvollen Sog…

 *Lies weiter auf Seite 13 ♥.*

Dich packt die Panik und rennst los. Weg von dieser Straße! Am besten wieder ganz nach Hause. Du rennst und rennst. Irgendwann wird dir die Sinnlosigkeit deines Umherrennens klar, du wirst langsamer und kommst nach ein paar Minuten zum Stehen. Langsam beruhigst du dich und dein Herz schlägt wieder normal. Orientierungslos blickst du dich um. Du stehst in einer engen und schäbigen Gasse. Ruhig und menschenleer liegt sie vor dir. Du sinkst zu Boden. Wie sollst du da nur wieder herauskommen? Gibt es eigentlich noch Hoffnung für dich? Vielleicht könntest du dich unbemerkt aus der Stadt schleichen und woanders dein Glück versuchen. Das würde aber nur funktionieren, wenn die preußischen Truppen noch nicht in der Stadt sind. Das wirst du dann wohl herausfinden müssen. Aber wo ist denn hier die Stadtmauer? Du drehst dich um und erkennst, dass die Gasse, aus der du gekommen bist, dir gegenüber liegt. Du wirst wohl einfach versuchen, den Weg zur großen Straße wieder zu finden und von dort aus versuchen, zur Mauer zu kommen. Also gehst in die Gasse. Du kommst an vollkommen leeren Häusern vorbei. Es scheint dir, als ob du der einzige Mensch in dieser Stadt bist. Nein, eigentlich ist es so still, als ob du der einzige auf der ganzen Welt bist. Die Stille drückt auf deine Ohren und dein Gemüt. Plötzlich hörst du gleich hinter dir ein Geräusch. War da Etwas? Langsam drehst du dich um. Aber da ist nichts. Die Angst steigt wieder in dir auf. Sie durchströmt deinen ganzen Körper. Was, wenn das ein Soldat ist? Haben die Preußen die Stadt bereits eingenommen? Ein zweites, lauteres Geräusch reißt dich aus deinen Gedanken. Dein Herz pocht schnell. Viel zu schnell. Sind dort vielleicht sogar mehrere Soldaten? Du nimmst allen Mut zusammen und gehst durch eine offene Tür in das Haus, aus dem deiner Meinung nach die Geräusche kommen. Auf den ersten Blick ist dort nichts. Vorsichtig schleichst du ins nächste Zimmer. Es ist wohl die Küche des Hauses. Da ist wieder das Geräusch.

Du drehst dich um. Auf einem alten Holztisch steht ein riesiger Kochtopf. Der Deckel rappelt. Hoch und runter. „Ist da jemand?", fragst du leise. Der Deckel bewegt sich nicht mehr. Es ist ganz ruhig. Du gehst noch einen Schritt auf den Topf zu und nimmst den Deckel herunter. Mit einem riesigen Scheppern kracht der Deckel auf den Boden. Du hast ihn vor Schreck fallengelassen. Du kannst es nicht glauben, was du siehst. Verwundert schaust du noch einmal in den Topf. Aber wirklich: Dort hockt ein kleiner Junge. Er bewegt sich nicht. Doch plötzlich beginnt er zu weinen. Vorsichtig hebst du ihn aus dem Topf. Der kleine Junge weint weiter. Aus Verzweiflung singst du das erste Lied, das dir spontan einfällt: „Alle meine Entchen, schwimmen auf dem See, schwimmen auf dem See, Köpfchen in das Wasser, Schwänzchen in die Höh'". Wie peinlich! Wenn dich jetzt deine Freunde sehen könnten. Wie würden sie lachen! Der kleine Junge jedoch lacht nicht. Er weint auch nicht mehr. Er starrt dich nur mit seinen großen Kulleraugen an. Wie süß. Seine Mutter ist bestimmt geflohen und hatte keine Zeit mehr, ihn mitzunehmen. Oder vielleicht dachte sie, dass sie sofort festgenommen wird? Was wäre dann aus dem Kleinen geworden? Dir fällt auf, dass du ich ihn immer „den Junge" oder „den Kleinen" nennst. Nein, er braucht einen Namen. Du begutachtest ihn. Wie ein kleiner Leon sieht er nicht aus. Max passt auch nicht. Mit seinen blonden Haaren und seinen blauen Augen sieht er richtig edel und hübsch aus. Das passt gar nicht zu diesem Haus.

Plötzlich fällt dir ein sehr passender Name ein: Paul. So heißt doch das Kind deiner Tante. Er sieht dem Kleinen in deinen Armen sogar ein bisschen ähnlich. Also soll er Paul heißen. Vorsichtig trägst du ihn aus dem Haus hinaus. Du gehst durch die Gasse und ein paar Minuten später stehst du auch schon auf der großen Straße. Der Rest wird einfach. In deinem Geschichtsbuch hast du mal gelesen, dass in allen alten Städten die größte Straße aus der Stadt hinausführt. Nur in welche Richtung sollst du gehen? Du entscheidest dich für rechts. Du gehst immer an dicht an den Häusern entlang. Hoffentlich sieht dich niemand. Langsam wird dir Paul zu schwer. Zum Glück weint er nicht mehr. Er guckt sich nur um als ob er wüsste, was gerade los ist. Dann siehst du es. Ungefähr 100 Meter vor dir ragt das große Stadttor in den wolkenverhangenen Himmel. Und unter ihm stehen … preußische Soldaten. Sie sind bewaffnet und sehen ganz und gar nicht friedlich aus. Vorsichtig schleichst du näher. Hinter einem kleinen Häuschen bleibst du stehen. Wie sollst du nur an den Soldaten vorbeikommen? Du beschließt, bis zur Nacht zu warten. Wenn es dunkel ist bemerkten sie dich vielleicht nicht. Das hoffst du zumindest. Zwei Stunden später beginnt es dann endlich zu dämmern. Dir kam diese Zeit aber wie Jahre vor. Ein paar Mal waren einige Soldaten herumgelaufen und hätten euch fast erwischt. Einmal hatte Paul einen so lauten Schniefer von sich gegeben, dass du geglaubt hattest, dass nun alles vorbei wäre. Doch zu deiner Überraschung haben sich die Soldaten nicht einen Zentimeter gerührt. Jetzt endlich ist alles dunkel. Vorsichtig lugst du aus deinem Versteck hervor. Die Soldaten stehen ruhig vor dem Tor. Denen muss ja schrecklich langweilig sein. Du nimmst Paul auf den Arm und schleichst lautlos um das kleine Häuschen herum. Dein Herz schlägt. Immer schneller pocht es. Du schaust dich um. Neben dem Tor beginnt ein großer Wald. Wenn du es schaffst, dort hinzugelangen, wärst du wahrscheinlich gerettet. Du atmest noch einmal tief durch und dann läufst du los. Nur noch zwanzig Meter bis zum Wald. Noch fünfzehn Meter. Zehn. Ein Schuss. Du erstarrst. Ein leerer Ausdruck tritt auf dein Gesicht. Deine Hand tastet zu deinem Bauch. Du fühlst warmes Blut. Dein Blut? Du lässt Paul los und er fällt zu Boden. Er weint. Alles ist verschwommen. Du hörst Soldaten näher kommen. Dann fällst du rückwärts um. Dein Kopf schlägt auf dem Boden auf. Es ist still. Wie im Traum hörst du Stimmen „Nimm das Kind mit", hörst du jemanden direkt neben dir sagen. „Und der Andere?", fragt eine viel höhere Stimme. „Zu spät", erwidert die erste Stimme. Zu spät? Zu spät – zu spät…

Hier endet deine Geschichte! Fange noch mal von vorne an und versuche, den richtigen Weg zu finden. Wenn du dich bemühst, wirst du es vielleicht schaffen, doch noch nach Hause zu kommen! Viel Glück!

Du läufst rückwärts zurück so schnell du nur kannst. Noch im Laufen wird dir klar, dass du keine richtige Chance hast, zu entkommen. Gerade, als du zurückblicken willst, stolperst du über einen Stein und wirst ohnmächtig. Als zu wieder zu dir kommst, liegst du gefesselt auf einer Pritsche in einem fensterlosen Raum und hast keine Ahnung, wo du dich befindest. Während du dich versuchst, ein wenig zu orientieren, steigt dir ein ungewohnter, für dich übel riechender Geruch in die Nase. Ach je, er kommt von dir selbst, aus deinen Kleidern. Du schaust an dir herunter. Hast du gerade gedacht, er kommt aus deinen Kleidern? Das sind gar nicht mehr deine Kleider, die du trägst! Man hat dich in uralte, stinkende Fetzen gesteckt. Dir schwinden fast wieder die Sinne vor Ekel. Nach einiger Zeit kommen Soldaten und schleppen dich ohne etwas zu sagen, vor ein Gericht. Du wirst nicht einmal angehört, sondern zum Staatsfeind erklärt, verurteilt und hingerichtet.

Hier endet deine Geschichte! Fange noch mal von vorne an und versuche, den richtigen Weg zu finden. Wenn du dich bemühst, wirst du es vielleicht schaffen, doch noch nach Hause zu kommen! Viel Glück!

Du nimmst deine Beine in die Hand und läufst so schnell du kannst, um dich in der Menge zu verstecken. „Hey, pass doch auf!" ruft dir eine Frau, die du angerempelt hast, mit ärgerlicher Stimme nach. „Verzeihung!" Du schaust dich um und merkst, dass die Ritter dich bald eingeholt haben. Oh nein, du hast den Korb mit Äpfeln nicht gesehen und stolperst darüber. Jetzt kannst du einer Begegnung mit deinen Verfolgern wohl nicht mehr ausweichen. „Wer seid Ihr, und was tragt Ihr für ungewöhnliche Kleider?", hörst du die tiefe Stimme des Ritters, der sich zu dir herunterbeugt. Da erst fällt dir auf, dass du dich mit deinen Jeans und dem verwaschenen T-Shirt tatsächlich sehr von den Anderen unterscheidest. Die Frauen tragen alle lange, – aus deiner Sicht sehr altmodische – Kleider und die Männer sehen in ihren Kitteln und Gewändern auch nicht so aus, als wären sie aus dem 21. Jahrhundert. Anscheinend bist du im Mittelalter gelandet, denn wo gibt es sonst noch Ritter? Das kann doch nicht sein!? Vorhin warst du noch im Wald mit deinem Hund und plötzlich bist du auf einem Marktplatz in einer anderen Zeit. Wie bist du hierher gelangt? Ob es wohl etwas mit dem bemoostem Grabstein zu tun hat?

„Nun! Wer seid ihr?" Die Stimme des Ritters reißt dich aus deinen Gedanken. Was sollst du schon sagen? Hey Leute ich bin aus der Zukunft, oder was? Das würden sie dir doch nie abnehmen. Doch wenn du es beweisen könntest? Da fällt dir etwas ein. Ein Versuch ist es ja wert und was hast du schon zu verlieren? „Ich weiß zwar nicht wie ich hergekommen bin, doch ich komme aus dem Jahr 2006." Als du die Reaktion der Ritter siehst, hättest dir auf die Zunge beißen können. „Ja natürlich, ihr seid aus der Zukunft." Mit einem höhnischen Lächeln blickt dich der groß und kräftig wirkende Ritter an. Doch du versuchst, dich trotz der großen Überlegenheit deiner Gegenüber dich nicht entmutigen zu lassen. „Sehen sie doch, ich kann es ja beweisen!"

Du öffnest den Rucksack und holst dein Handy heraus. Du merkst, wie du misstrauisch beobachtet wirst. Jetzt bloß nichts falsch machen! Als du ihnen die Funktionen des Handys zeigst, hören sie dir tatsächlich zu. Doch beim Abspielen eines Klingeltons erschrecken sie sich: „Gebt es zu! Ihr seid eine Hexe! Wie sonst hättet ihr diese Geräusche ertönen lassen können?" Da hattest du dich wohl zu früh gefreut. Mit der Meinung du hättest magische Kräfte verschleppen sie dich in ein Verließ. „Ihr werdet das Licht der Sonne erst dann wieder sehen, wenn der Scheiterhaufen bereit ist. Hexerei ist eine Schande für die Menschheit!" Und sie schlagen mit einem lauten Scheppern die Tür deines Kerkers zu.

So hast du dir das nun wirklich nicht vorgestellt. Doch was kannst du hier, zwischen Staub und Spinnweben ganz alleine schon tun? Naja, alleine? Womöglich, überlegst du schaudernd, bist du in Gesellschaft einiger Ratten und Mäuse, was dich nicht wirklich beruhigt…

Entscheide dich! Nimmst du dein Schicksal in Kauf und schaust nicht nach einem Ausweg, lies weiter auf Seite 43 ♥. Denkst du, dass es irgendwo doch einen Ausweg geben muss und willst du versuchen, zu fliehen, lies weiter auf Seite 23 ♣.

♠

Dein Magen knurrt wie verrückt. Du hältst es einfach nicht mehr aus; du musst etwas essen! Also kletterst du zum Ufer runter. Achtung! Du musst höllisch aufpassen, denn hier ist es schrecklich steil. Wenn du nicht aufpasst, könntest du in den Fluss fallen. Unten angekommen, beginnst du entschlossen mit der Fischjagd. Erster Versuch. Mist, daneben gegriffen. Zweiter Versuch. Völlig verfehlt. Du reißt dich noch einmal zusammen, kneifst die Augen zusammen und nimmst dir fest vor, es dieses Mal zu schaffen. Vorsichtig hältst du deine Hand über die Wasseroberfläche und greifst plötzlich blitzschnell nach einen großen Fisch, der gerade an dir vorbei schwimmt. Ha! Du hast ihn erwischt! Während du dich noch freust, bemerkst du, dass du ins Rutschen kommst. Oh nein, jetzt verlierst du das Gleichgewicht und kippst kopfüber in den Fluss. Sofort wirst du von der starken Strömung weggetrieben. Krampfhaft hältst du den Fisch fest, als ob der dir noch helfen könnte... Prustend und spuckend versuchst du, den Kopf über der Wasseroberfläche zu halten und während du noch kämpfst, erkennst du vor dir eine noch größere Gefahr: direkt vor dir befindet sich ein riesiger Wasserfall. Immer näher und näher treibst du auf ihn zu, immer lauter wird das Rauschen. Verzweifelt kämpfst du gegen das Wasser an – aber bevor du irgendetwas machen kannst, fällst du zusammen mit den Wassermassen in Tiefe.

Hier endet deine Geschichte! Fange noch mal von vorne an und versuche, den richtigen Weg zu finden. Wenn du dich bemühst, wirst du es vielleicht schaffen, doch noch nach Hause zu kommen! Viel Glück!

Das kannst du auch noch morgen erledigen. Müde drehst du dich um und schläfst weiter. Am nächsten Tag bittet dich dein Herr, ihm die letzte Tasche aus deinem Zimmer in seins herüberzubringen. Als du nachschaust, findest du nur deine Sachen vor. Jetzt fällt es dir wieder ein: Der Dieb von heute Nacht muss die Tasche gestohlen haben. Du sinkst auf dein Bett und denkst nach. Was sollst du nur tun? Dem Herrn sagen, dass die Tasche gestohlen wurde? Oder doch lügen? Vielleicht wird er dich sogar entlassen. Wo sollst du dann nur hingehen? Du kennst hier doch niemanden. Wo würdest du landen? Oder ist das dein Schicksal? Eigentlich willst du ja auch noch mehr von dieser Zeit sehen. Du hast dich entschlossen: Du wirst die Wahrheit sagen. Der Herr ist außer sich vor Wut, denn in der Tasche ist all sein Geld und seine Unterlagen für das Geschäft mit dem Herrn der Burg. Er ist enttäuscht von dir. Und tatsächlich will er dich entlassen. Bereits zwei Stunden später stehst du mittellos auf der Straße. Du schlenderst durch die Gassen und kommst schließlich vor einem Zeitungsverkäufer zum Stehen. Dein Geld reicht gerade noch für eine Zeitung. Auf der Titelseite prangt eine große Überschrift: „Krieg spitzt sich zu!"

Was für ein Krieg denn? Schnell liest du weiter. „Wie schon vor ein paar Wochen berichtet, stehen wir mit Preußen im Krieg." Weiter liest du erst gar nicht. Die Zeitung gleitet dir aus den Händen. Krieg. Angst steigt in dir empor. Hört der Albtraum denn gar nicht auf? Kommst du nie mehr nach Hause zurück? Plötzlich hörst du ein schreckliches Geräusch. Du drehst dich um und siehst am Ende der Stadt Rauch aufsteigen. Die ganze Stadt ist völlig außer Rand und Band. Überall schreien Menschen. Sogar ein paar Familien siehst du bestürzt mit ihren Kindern und Babys in Richtung eines riesigen Gebäudes rennen.

Entscheide dich! Wenn du ihnen folgen möchtest, um dich zu verstecken, lies weiter auf Seite 59 ♠. Wenn du dich alleine durchschlagen willst, lies weiter auf Seite 16 ♣.

♣

Du hast dich Cäsar widersetzt! Das hättest du lieber lassen sollen, denn nachdem du dem Mann gesagt hast, dass du nicht tun wirst, was Cäsar befiehlt, hat dieser dich in einen verlassenen Raum gebracht und dir klar gemacht, dass dein Entschluss dich das Leben kosten wird. Er zieht sein Schwert, du schmeckst Blut – dann wird dir schwarz vor Augen.

Hier endet deine Geschichte! Fange noch mal von vorne an und versuche, den richtigen Weg zu finden. Wenn du dich bemühst, wirst du es vielleicht schaffen, doch noch nach Hause zu kommen! Viel Glück!

Du genießt mit Sophie die restlichen Tage in Kassel und nach sieben Tagen kehrt ihr glücklich wieder auf das Gut zurück. Jetzt bist du dir sicher: Du wirst Sophie und ihre Familie niemals verlassen. Als du ihr das sagst, ist sie überglücklich. Zusammen erlebt ihr die schönsten Sachen. Als sie zehn Jahre alt ist, lernt ihr zusammen reiten und später, als sie 18 Jahre alt ist, veranstalten ihre Eltern einen großen Ball um einen Mann für ihre Tochter zu finden. Sophie ist wirklich erwachsen geworden. Sie ist nicht mehr so verspielt, aber trotzdem hat sie ihren Humor nicht verloren. Sie ist sehr hilfsbereit und hilft sogar dir manchmal bei schweren Arbeiten.

Es ist ein sehr prunkvoller Ball und der gesamte Adel des Landes ist eingeladen. Sophie lernt wirklich einen Mann kennen. Es ist August von Schwanstein, ein sehr gut erzogener und reicher junger Mann. Nach einem Jahr findet die Hochzeit statt und du kannst es gar nicht glauben: Du bist Trauzeuge! Normalerweise geht das nicht, denn du bist ja nur eine Zofe. Aber dein Herr hat eine Ausnahme gemacht, weil du ja fast schon zur Familie gehörst. Auf der Hochzeit ist ebenfalls die gesamte Dienerschaft des August von Schwanstein geladen. Und nicht nur Sophie ist verliebt. Heimlich hat es dich auch getroffen. Ihr lernt euch auf der Hochzeit von Sophie kennen und ein Jahr später feierst auch du Hochzeit. So lebst du glücklich und zufrieden bis an dein Lebensende.

Hier endet deine Geschichte! Fange noch mal von vorne an und versuche, den richtigen Weg zu finden. Wenn du dich bemühst, wirst du es vielleicht schaffen, doch noch nach Hause zu kommen! Viel Glück!

„Irgendeinen Ausweg muss es doch geben", denkst du, als du plötzlich zwei große, verrostete Schlüssel siehst. Du streckst deinen Arm durch das Gitter. Doch sie hängen genau so weit entfernt, dass du sie nicht erreichen kannst. Als ob sie mit Absicht dort hingehängt worden wären… Du überlegst. Gibt es denn überhaupt keine Möglichkeit, deinen Arm weiter heraus zu strecken? Du klammerst dich an die ebenfalls verrosteten Gitterstäbe und streckst deinen Arm nochmals nach den Schlüsseln aus. Doch vergeblich.

Du hast die Hoffnung schon aufgegeben und hockst dich verzweifelt in eine Ecke, „Au…", entfährt es dir. Als du aufstehst, um nachzuschauen, was dich gepiekt hat, bemerkst du, dass du dich auf einige Knochen gesetzt hast. „Igitt! Ob die wohl von einem früheren Gefangenen sind? Hoffentlich ende ich nicht auch so!", laut teilst du deine Gedanken der Wand mit. Besser mit der Wand sprechen, als diese Totenstille ertragen! Du möchtest dir lieber nicht weiter vorstellen, was alles noch auf dich zukommt und betrachtest gedankenverloren den Knochen. Da kommt dir eine Idee. Du hebst angeekelt den längsten der Knochen auf und gehst wieder zu den Gitterstäben. Mit Hilfe des Knochens gelingt es dir tatsächlich, die Schlüssel vom Haken zu angeln. Doch gerade als du den Schlüssel ins Schloss stecken und die Tür öffnen möchtest, hörst du Schritte. Wie gelähmt bleibst du stehen als eine der Wachen auf dich zukommt: „Wo wollt Ihr denn hin? Ihr glaubt doch nicht, dass Ihr ganz allein zum Scheiterhaufen laufen müsst. Ich werde Euch hinbringen, alles ist bereit!" Und er zerrt dich aus deiner Zelle, von der du dir jetzt nicht mehr gewünscht hättest sie so schnell zu verlassen.

Du wirst über den jetzt leeren Marktplatz zum Eingang einer Burg gebracht. Die große, hölzerne Zugbrücke wird quietschend heruntergelassen. Die Wache führt dich darüber und als du nach unten in den Burggraben schaust, kommt es dir so vor als hättest du einen Schatten gesehen. Schaudernd gehst du weiter. Auf dem großen Burgplatz drängeln sich Menschen. Als du an ihnen vorbei gehst, hörst du sie tuscheln: „Das arme Ding, seht doch wie verängstigt es wirkt." Doch die Meinungen sind geteilt: „ Olles Hexengesindel! Eine Schande…"

Du kannst nicht weiter zuhören. Ein großer Kloß bildet sich in deinem Hals. Das ist viel schlimmer als das Angstgefühl, das man hat, wenn man eine Arbeit schreibt oder eine Mutprobe bestehen muss. Deine einzige Hoffnung ist die, dass dies hier nur ein Traum ist! Doch dafür scheint alles viel zu echt zu sein. Der Bergfried stieg hoch in den Himmel und in der Mitte der Menschentraube siehst du den Scheiterhaufen. Dein „Begleiter" zieht dich auf diesen und bindet dich an einem Holzpfahl fest. Die Seile schneiden in deine Haut, doch das ist wohl dein kleinstes Problem.

Als einer der Wachen das Stroh anzündet, das dich umgibt, hörst du wie jemand ruft: „Recht so! Schluss mit dem Hokus Pokus!"
Anfangs tanzt das Feuer auf deiner Haut und wärmt dich, doch dann fühlst du einen stechenden Schmerz, der sich über deinem ganzen Körper ausbreitet. Du hörst nur noch einen gellenden Schrei, der sich so weit entfernt anhört und doch so nah ist, bis du plötzlich gar nichts mehr spürst.

Hier endet deine Geschichte! Fange noch mal von vorne an und versuche, den richtigen Weg zu finden. Wenn du dich bemühst, wirst du es vielleicht schaffen, doch noch nach Hause zu kommen! Viel Glück!

Du öffnest das große Tor. Es quietscht laut. Als du hineinblickst, fährst du erschrocken zurück. Vor dir steht ein großer, breitschultriger Mann, der gar nicht aussieht als könnte er Spaß verstehen. Er fragt dich mit einer tiefen Stimme, wie viele Karten du denn kaufen möchtest. Erschrocken stellst fest, dass du ja gar kein Geld bei dir hast. Der Mann wird ungeduldig und fragt noch einmal nach den Karten. Da fällt dir ein, dass du ja doch noch einen Euro in der Tasche hast. Du gibst ihn dem Mann doch der will das Geld nicht annehmen und wird immer ungeduldiger. Stimmt, hier muss man bestimmt anderes Geld haben, den Euro gibt es ja erst seit 2002. Jetzt heißt es schnell reagieren.

Weglaufen erscheint dir immer noch als die beste Alternative und kaum gedacht, rennst du schon blitzschnell an dem Mann vorbei, der dich gar nicht so schnell fangen kann. Doch leider bist du zu schnell gelaufen und hast gar nicht bemerkt, dass du an dem Weg, der zu den Sitzen führt schon vorbei gelaufen bist. Plötzlich stehst du in einer großen Arena und die Menschenmenge, die auf den Sitzen rings um die Arena verteilt ist, jubelt dir laut zu. Überall viele kleine Fähnchen und Zurufe von allen Ecken. Als du genauer hinsiehst merkst du, dass die Leute nicht dir zujubeln, sondern jemand anderem, der hinter dir steht. Langsam drehst du dich um. Vor dir steht der Mann, der schon am Eingang gestanden hat. Jetzt gibt es kein Entkommen mehr... Aber halt! Du warst doch schon einmal in solch einer Arena. Damals, als du mit der Schule in Xanten warst! Da hast du gesehen, dass auch unten in der Arena Gänge sind, in denen man unter der Zuschauertribüne einmal rund um die Arena herum laufen kann. Du wirfst einen Blick zurück, und wirklich: hinter dir ist so eine Tür in die man in diese Gänge kommt.

Entscheide dich! Willst du es riskieren, dich ganz schnell umzudrehen und durch die Gänge zurück zu laufen, dann lies weiter auf Seite 40 ♦. Wenn du dich aber dem Kampf mit dem Riesen stellen willst, lies weiter auf Seite 58 ♦.

♥

Du packst deinen Koffer und stellst ihn zu den anderen auf die Ablage der Kutsche. Der Herr steigt ein und schon geht es los. Ihr fahrt durch eine grüne Landschaft und du bist hin und weg. In einem kleinen Wäldchen zwitschern kleine Vögelchen lustig ihre Lieder von den Bäumen und später kommt ihr sogar an einer echten Burg vorbei. Sie steht gut geschützt auf einem Berg. Der Kutscher biegt in einen kleinen, holprigen Weg ein und ihr rattert den Berg zu der schönen Burg hinauf. Du freust dich und als ihr anhaltet, springst du aus der Kutsche und schaust dich erst mal gründlich um.

„Bitte bring die Koffer auf unser Zimmer. Es ist im zweiten Stock", sagt plötzlich dein Herr. Er wird gerade von einem edel gekleideten Mann begrüßt und in die Burg gebeten. Grummelnd nimmst du die Koffer und schleppst sie eine Treppe nach der anderen hinauf. Erschöpft willst du eine Pause machen, doch da ruft ein Mädchen in deinem Alter aus einem Gang heraus: „Bist du die Zofe unseres Gastes?" Du nickst. „Herzlich Willkommen! Hattest du eine angenehme Reise? Ich bin übrigens Isabelle. Warte, ich helfe dir", sagt das Mädchen. Erleichtert gibst du ihr einen Koffer und gemeinsam stellt ihr das Gepäck in die Zimmer. Am liebsten würdest du dich ins Bett legen, denn du bist ziemlich müde von der langen Reise, doch Isabelle zieht dich mit und meint, dass es bald ein Abendessen gibt. Langsam schlenderst du die große Wendeltreppe hinunter und gehst in den großen Speisesaal.

Natürlich ist dein Platz am Ende der Tafel bei der Dienerschaft, doch das stört dich im Moment kaum. Obwohl die Diener nur die Reste bekommen, die die Herren und Damen übrig lassen, schmecken diese wunderbar. Warmes Brot, Fleisch, Suppe und Fisch wechseln sich ab und du kannst dich endlich einmal wieder richtig satt essen. Dazu gibt es Wasser und Wein zu trinken. Am Ende bist du so beschwippst, dass du es gerade noch ins Bett schaffst und sofort einschläfst. Später in der Nacht wachst du auf. Ein seltsames Geräusch hat dich geweckt. Du steigst aus deinem Bett und merkst, wie dein Kopf brummt. War wohl doch ein wenig viel, gestern Abend! Vorsichtig tastest du nach einer Kerze. Du zündest sie an und leuchtest durch den Raum. Ein vermummter Mann hat sich an einer Tasche zu schaffen gemacht! Bevor du noch was sagen kannst, huscht er lautlos aus dem Zimmer.

Entscheide dich! Wenn du dem Mann folgen möchtest, lies weiter auf Seite 28 ♣. Willst du lieber weiter schlafen und dich morgen um die Angelegenheit kümmern, lies weiter auf Seite 21 ♦.

Du bleibst bei der Armee und denkst, wie dir nur so ein komischer Gedanke kommen konnte, dass du die Gallier warnen wolltest. Das liegt bestimmt daran, dass du nur sehr wenig geschlafen hast. Zwei Trompetenstöße erklingen und verwundert siehst du, dass der Tag schon angebrochen ist. Tagsüber passiert nicht viel. Der Überfall wird bis ins Kleinste geplant und du bist erneut froh, dass du die Gallier nicht gewarnt hast! Da wärst du bestimmt nicht lebend davongekommen! Nachmittags legst du dich unter einen Baum und denkst über deine Lage nach. Was könntest du alles erzählen, wenn du wieder zuhause wärst! Aber wahrscheinlich würde dir niemand glauben – so wie dir hier ja auch niemand glaubt… Mitten in deinen Gedanken wirst du von einem anderen Soldaten erschreckt, der dir sagt, dass ihr jetzt aufbrecht. Du bemerkst, dass der Himmel schon dunkler wird und man schon bald nichts mehr sehen kann. Nun kämpfe ich also doch, denkst du als ihr vor dem gallischen Dorf steht. Ein kalter Schauer läuft dir über den Rücken. Ihr zieht den Ring näher und näher um das Dorf. Schon kommen auch die Gallier und ein schrecklicher Kampf beginnt. Du hättest nicht gedacht, dass es so viele seien! Es sind um die 600 Mann, alle gut bewaffnet und alle wissen mit ihrer Waffe umzugehen. Im Morgengrauen ist der Kampf noch immer nicht beendet und der Himmel sieht für dich aus, als ob er durch das viele Blut der toten Männer rot gefärbt worden wäre. Du vergisst den Kampf und guckst gebannt zum Himmel, denn dieser Anblick ist unheimlich und kalt, aber auch gleichzeitig wunderschön und voller Liebe. Du hättest den Kampf nicht vergessen dürfen, denn so nutzt ein gallischer Bogenschütze die Chance und schießt einen Pfeil auf dich ab. Er durchbohrt dich und wie in Zeitlupe sinkst du nieder. Du keuchst und einen Moment später fällst du auf das noch nasse, aber nach Blut schmeckende Gras. Ein letztes Mal schaust du in den roten blutroten Himmel – Himmel? Dir wird ganz leicht, dann spürst du nichts mehr.

Hier endet deine Geschichte! Fange noch mal von vorne an und versuche, den richtigen Weg zu finden. Wenn du dich bemühst, wirst du es vielleicht schaffen, doch noch nach Hause zu kommen! Viel Glück!

Wer weiß, wie lange diese Hetzjagd noch andauert, also springst du in eines der seitlich anliegenden Gebüsche und kauerst dich nieder. Du hörst den Saurier immer näher kommen. Er ist so in seine Jagd vertieft, dass er an deinem Versteck einfach brüllend vorbei rennt. Als du ihn nicht mehr hörst, schleichst du aus den Sträuchern. Jetzt weckt etwas anderes deine Aufmerksamkeit. Irgendwo hinter dir hörst du einen Bach plätschern. Dein Magen knurrt und in einem Bach schwimmen Fische. Da du erst einmal der unmittelbaren Gefahr entkommen bist, selbst gefressen zu werden, kannst du jetzt daran denken, selbst etwas zu essen zu bekommen. Sofort machst du dich auf den Weg und gehst dem Geräusch entgegen. Doch als du angelangt bist, entdeckst du, dass es kein kleiner Bach, sondern ein sehr reißender Strom ist. Er hat steile Ufer und eine starke Strömung. Du siehst aber auch, dass er unheimlich fischreich ist. Dein Magen erinnert dich wieder daran, wie hungrig du bist.

Entscheide dich! Wenn du trotz der widrigen Bedingungen Fische versuchen möchtest Fische zu fangen, lies weiter auf Seite 20 ♠. Willst du aber lieber eine sicherere Nahrungsquelle suchen, lies weiter auf Seite 11 ♥.

Schnell steigst du aus deinem Bett und folgst dem Mann auf dem Gang. Dieser rast wie ein Verrückter die große Wendeltreppe hinunter auf die Haupttür zu. Was der kann, kannst du schon lange. Du rutscht einfach das Treppengeländer hinunter. Erstaunt dreht sich der Dieb um. Du nutzt sein Erstaunen aus und nimmst ihm die gestohlene Tasche aus der Hand. Er sagt: „Das war ja … Ich kann es nicht glauben. Ihr seid so schnell unten gewesen." „Warum klaust du die Tasche meines Herrn?" Etwas verlegen erzählt dir der Mann, dass er sehr arm ist und dass er keine Arbeit hat. Seine Mutter ist gestorben, als er noch ein kleiner Junge war. Bisher hat er noch nie etwas gestohlen, doch sieht er keinen Ausweg mehr. Seit Tagen hat er nichts gegessen. Seine Frau und seine kleinen Kinder sind sehr krank.

Du schaust dir den Mann näher an und erkennst, dass er eigentlich noch sehr jung ist, aber viel älter wirkt. Auch bemerkst du, dass er am Ende seiner Kräfte ist. Fiebrig glitzern seine eigentlich ganz freundlichen Augen, seine Hose schlottert ihm um die mageren Beine – er tut dir leid. „Ich habe nichts zu essen… Bitte hilf mir! Wenn du mir helfen würdest, könnte ich vielleicht meine Familie eine Zeit lang versorgen." Flehend schaut er dich an. „Warum eigentlich nicht. Es ist doch nicht meine Zeit in der ich mich befinde. Sicher bin ich bald wieder zuhause und dann werde ich es vielleicht bereuen, dass ich ihm nicht geholfen habe", denkst du dir still. „Ich werde dir helfen. Aber nur, solange es sein muss. Ich bin nämlich keine Diebin", sprudelt es aus dir heraus. Der Mann, der sich inzwischen als John Huck vorgestellt hat, lächelt und öffnet vorsichtig die Tür. Zusammen schleicht ihr durch die dunklen Straßen. Nicht einmal Sterne funkeln am Himmel.

Plötzlich zieht dich John in eine Gasse. „Hier hinauf", flüstert er und deutet auf eine Leiter, die an einem Haus bis zum Dach hinaufführt. Man hat euch bemerkt. Du hörst schon von weitem ein paar Menschen und sogar Hundelaute kannst du vernehmen. Jetzt aber schnell! Du kletterst immer höher auf der Leiter. Hinter dir hörst du John schnaufen. Darauf kannst du jetzt keine Rücksicht mehr nehmen. Wenn du jetzt geschnappt wirst, kannst du vielleicht nie mehr in deine Zeit zurück. Jetzt bist du auf dem Dach angelangt. Und auch John hat es geschafft. Gemeinsam klettert ihr über die Dächer. Ein paar Minuten später klettert John eine weitere Leiter hinunter. Du folgst ihm. Ihr steht vor einem schäbigen Haus. Es hat nur ein Fenster und nicht mal Ziegel auf dem Dach. John zieht einen Schlüssel aus der Tasche und schließt die Tür zu diesem Haus auf. In der Stube steht nicht viel. In der einen Ecke brennt ein kleines Feuer. Daneben steht ein Kochtopf. Gegenüber davon befindet sich ein Tisch. Auf einem Stuhl sitzt eine kleine Frau. Sie hat braune, zerzauste Haare und trägt ein sehr altes, geflicktes Kleid. Das muss wohl Johns Schwester sein. Du hast Recht. Die Frau stellt sich vor und sofort versteht ihr euch sehr gut. Leise, um die drei Kinder nicht aufzuwecken, legt ihr euch nieder. Bevor du einschläfst, denkst du lächelnd, dass es doch ganz interessant ist, durch die Vergangenheit zu streifen und niemandem gegenüber verpflichtet zu sein. Jede Nacht gehen John und du jetzt auf Beutezug. Und ihr seid erfolgreich. Schon nach wenigen Monaten seid ihr so reich, dass ihr euch ein neues Haus leisten könnt. Eigentlich kann man es gar nicht als Haus bezeichnen. Es ist eine Villa. Jedes Kind hat hier sein eigenes Zimmer und sogar einen Diener könnt ihr einstellen.

Entscheide dich! Willst du weiterhin bei den Hucks bleiben, lies weiter auf Seite 35 ♣. Willst du mit deinem Anteil an der Beute ein eigenes, neues Leben beginnen, lies weiter auf Seite 14 ♣.

♥

Du entschließt dich, morgen zum Schuster zu gehen. Doch erst einmal schläfst du etwas. Doch wo? Mit Euros kennst hier im alten Rom nichts anfangen. Entschlossen legst du dich in den Schatten eines Hauseingangs. Musst du eben eine Nacht auf der Straße schlafen.

Am nächsten Morgen gehst du zu dem besagten Schuster! Er nimmt dich auf und lehrt dich alles. Du arbeitest eine lange Zeit bei ihm, aber irgendwann hast du keine Lust mehr und schleichst dich in einer Nacht hinaus. Du hast Heimweh und streifst traurig durch Rom. Wie sollst du wieder zurückkommen? Auf deinem einsamen Weg fällt dir eine kleine Straße auf, die du vorher noch nicht kanntest. Du gehst langsam und ein wenig zögernd in die Straße hinein. Nach allem, was du schon erlebt hast, hast du den Vorteil von Vorsicht kennen gelernt. Doch nichts passiert. Während du immer tiefer und tiefer in die Gasse gehst, bemerkst du, dass sie ein Ende hat! Verwundert schaust du nach vorne und erkennst ein Tor! Noch ein paar Schritte und du hast es erreicht. Es ist sehr groß und sieht so aus, als wenn es überhaupt nicht in diese Zeit passen würde. Ist das vielleicht das Tor nach Hause? Du überlegst nicht lange, sondern öffnest es und – wirst verschluckt.

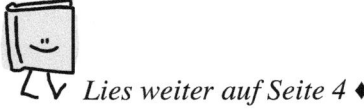

Lies weiter auf Seite 4 ♦.

Es ist viel zu riskant, weiter im Nest zu bleiben, findest du. Also springst du mit voller Kraft aus dem Nest und landest auf dem harten Felsen. Du purzelst herunter, schaffst es aber, dich schnell unverletzt aufzurichten und rast weiter. Dabei musst du höllisch aufpassen, dass du nicht stolperst. Schließlich erreichst du den Dschungel, wo du dich gleich hinter dem nächsten Baum versteckst. Der riesige Saurier hat dich nicht eingeholt, im Gegenteil, er hat dich nicht einmal bemerkt. Erleichtert drehst du dich um und wanderst ein bisschen im Dschungel herum, in der Hoffnung, wieder nach Hause zu kommen. Plötzlich entdeckst du etwas großes Weißes zwischen den dichten Bäumen. Erst denkst du, es sei ein Affe. Aber dann fällt dir ein, dass es diese noch gar nicht in dieser Zeit gibt. Was könnte es sein? Weiß, spitz – sieht fast aus wie ein Zahn. Du willst laut loslachen, so lustig erscheint dir der Gedanke, doch das Lachen bleibt dir im Halse stecken.

Es ist ein Zahn, ein Zahn eines Sauriers, den du jetzt ganz ausmachen kannst. Ohne nachzudenken fängst du an, zu schreien. Doch das ist ein großer Fehler. Dadurch entdeckt der gigantische Saurier dich erst und er bewegt sich in deine Richtung. Wie ein Irrer drehst du dich um und hastest du durch das Unterholz, den Saurier auf den Fersen. Zweige und Blätter schlagen dir ins Gesicht, bis du eine Art Trampelpfad erreichst. Noch immer verfolgt dich das mindestens drei Meter große Biest. Der Trampelpfad erweist sich unglücklicher Weise als nicht sehr hilfreich. Der Saurier holt dich immer mehr ein. Vielleicht wäre es besser, wenn du dich hinter einem Strauch versteckst? Oder können Saurier Menschen riechen? Und was, wenn er dich dann dort finden würde?

Entscheide dich! Wenn du lieber weiter rennst, um einen Ausgang aus dem Dschungel zu finden, lies weiter auf Seite 15 ♦. Willst du dich aber lieber verstecken, lies weiter auf Seite 27 ♠.

„Ich weiß auch nicht wie ich genau hierher gekommen bin. Weißt du da war so ein Grabstein und als ich das Moos abmachen wollte, war ich plötzlich hier", erklärst du Artus, nachdem du ihm erzählt hast, dass das Gerücht tatsächlich stimmt. Er scheint richtig beeindruckt zu sein. „Möchtest du denn wieder nach Hause? Ich könnte dir helfen so einen Grabstein zu finden." „Das wäre wirklich nett. Ich kenne mich hier nämlich überhaupt nicht aus." Ein wenig Hilfe wäre schon gut und Artus scheint wirklich nett zu sein. „Lass uns direkt morgen früh mit der Suche beginnen. Ich hole dich hier ab." Und Artus verlässt dein Gemach. Kaum hast du dich wieder auf deinem Bett niedergelassen, bist du auch schon eingeschlafen. Das war aber auch ein anstrengender Tag.

Als du am nächsten Morgen aufwachst, scheint die Sonne schon durch dein Fenster. Schlaftrunken öffnest du die Augen. Erst jetzt fällt dir wieder ein wo du bist. Du hast dich gerade angezogen, als es an der Tür klopft. Diesmal ist es jedoch nicht Artus sondern ein Diener. „Ich bringe euch das Frühstück und soll euch ausrichten, dass ihr auf den Burgplatz kommen sollt."

Du nimmst dankbar das frische Brot und die Milch entgegen, wobei dir auffällt, dass du schon ewig nichts mehr gegessen hast. Nach einem ausgiebigen Mahl läufst du eilig nach unten. Dort steht auch schon Artus mit zwei Pferden. Das eine ist ein Rapphengst, mit einem edlen Kopf, das andere eine weiße Stute, die den Kopf auf Artus` Schulter gelegt hat. „Bis zu den Grabsteinen ist es ein ganzes Stück. Ich dachte es sei besser dorthin zu reiten." Begrüßt er dich.

Als ihr aufgestiegen seid, reitet ihr aus der Burg. Ihr galoppiert über weite Felder. Der blaue Himmel über euch und vor euch gar nichts. Nur freies Land. „Herrlich", denkst du, „wenn doch auch in deiner Zeit eine solche Natur wäre. Aber die Menschen haben alles zugebaut. Bei uns wären nur Häuser zu sehen statt Bäume und Straßen statt Wiesen." In Gedanken versunken kommst du mit Artus in ein Wäldchen. Ihr pariert durch und reitet im Schritt durch die engen Waldwege. Dir steigt der Geruch von nassem Gras und Blumen in die Nase.

Plötzlich stolpert dein Pferd über etwas. „Huch, was ist das?" Gemeinsam steigen Artus und du von den Pferden um nachzusehen, ob alles in Ordnung ist. Als du dich gerade bücken möchtest, um das Bein deines Pferdes abzutasten, fällt dir ein vermooster Grabstein auf. Als du darüber streichst, wird alles schwarz vor deinen Augen. Du verlierst den Halt und hast das Gefühl zu schweben.

Als du wieder Halt hast, sind Artus und die Pferde verschwunden. Doch du bist nicht, wie erwartet zu Hause. Nein, du bist schon wieder in einer anderen Zeit…

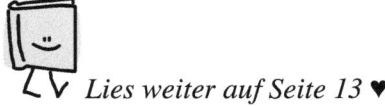

Lies weiter auf Seite 13 ♥.

„Der Roboter kann mir bestimmt aus dieser Zeit helfen", denkst du und folgst ihm. Das kleine Blechmännchen führt dich in einen der riesigen Wolkenkratzer, die dir schon am Anfang aufgefallen waren. Dieser besteht hauptsächlich aus Glas und lässt dich mächtig staunen. Die gläserne, in schwarz lackiertes Holz gefasste Tür schwingt automatisch auf, als ihr euch nähert. Doch was ist das? Dieses Gebäude sieht von innen ja noch prachtvoller aus! Nun stehst du in einer großen Halle, in deren Mitte sich ein Aufzug befindet, der von oben bis unten von einem Aquarium umgeben ist, sodass man während der Fahrt die schillernden Fische beobachten kann. Auf diesen steuert der Roboter zu. Du folgst ihm über den roten, samtigen Teppich, mit dem der Boden der Halle bedeckt ist, hinüber zum Aufzug. Ihr steigt ein und die ganze Fahrt über schaust du mit erstauntem und fassungslosem Blick den bunten Fischen zu, die munter durch das Wasser schwimmen. So etwas Schönes hast du noch nie gesehen und von dir aus hätte die Fahrt immer weiter gehen können!

Unsanft wirst du unterbrochen: „Aussteigen! Wir sind am Ziel!" Auf der Anzeigentafel über der Aufzugtür steht 50. Stock. Fast willenlos folgst du dem Roboter rechts herum zu einer weißen Tür. Auf diesem Gang ist sie die einzige. Der Roboter öffnet sie, doch du stutzt. Wie hat er sie aufbekommen? An der Tür befindet sich doch überhaupt kein Schloss!? Es sah so aus, als ob er sie anhand eines Fingerabdrucks auf"geschlossen" hätte. Doch auch das erscheint dir einigermaßen unwahrscheinlich, denn wie sollten Roboter Fingerabdrücke haben. Du schüttelst den Kopf über deine komischen Gedanken, beschließt aber doch, dem Roboter eine Frage zu stellen: „In", du räusperst dich, „in welcher Zeit bin ich überhaupt?" Keine Antwort. Hat der Roboter dich gar nicht gehört?

„Willkommen in meinem bescheidenen Reich!", ertönt es aus dem kleinen Roboter! „Ich bin Rob 134 und wie heißt du?" „Ich… ich…", meine Güte, du kannst dich gar nicht mehr erinnern. „Ich weiß nur, dass ich irgendwie in die falsche Zeit geraten bin", bringst du nach kurzem Zögern hervor. „Wie geht denn das? Wie bist du denn in eine Zeitmaschine gekommen?" „Ich weiß es nicht. Gibt es so etwas überhaupt?", du bist erstaunt. „Zeitreisen sind doch schon lange kein Problem mehr! Aber der derzeitige Weltherrscher hat sie strengstens verboten. Er geht davon aus, dass Zeitreisende ihn vom Thron stoßen könnten." „In welcher Zeit befinde ich mich denn?", fragst du Rob. „Im Jahr 3001, warum?"

Dir stockt der Atem. So weit sollst du in die Zukunft gereist sein? Hoffentlich kommst du jemals wieder zurück – bei der zeitlichen Entfernung! Wieder reißt dich der kleine Roboter aus deinen Gedanken: „Na, gefällt es dir hier? Du siehst etwas mitgenommen aus?", doch ohne eine Antwort abzuwarten, redet er einfach weiter. „Erst einmal andere Sachen. Wo habe ich sie denn? Ah, hier!" Er überreicht dir einen knallgrünen, hautengen Anzug mit einem pinkfarbenen Stern auf der Brust. „Der wird dir passen!" „Muss ich den wirklich anziehen?", fragst du etwas skeptisch. Grün mit pink – dich schüttelt es. „Wenn du willst, dass Maron, der jetzige Weltherrscher, dich nicht als Neuankömmling erkennt, verfolgt und foltert, dann ziehe ihn an. Aber meinetwegen kannst du auch deine Sachen anbehalten."

Irgendwie vertraust du dem kleinen Roboter. Er macht wirklich keinen bösen Eindruck. Du ziehst die Sachen an, fragst aber noch mal nach: „Aber warum sollte Maron mich verfolgen und foltern? Er kennt mich doch gar nicht!" Nach kurzem Überlegen antwortet der Roboter: „Wie ich schon gesagt habe, es ist strafbar, aus einer anderen Zeit zu kommen. Unser Herrscher meint, dass Fremde gefährlich sind und nur er das Recht habe, Zeitreisen zu machen." Du hast die Zusammenhänge immer noch nicht ganz verstanden, aber eine Frage, die dir schon länger auf der Zunge liegt, erscheint dir wichtiger, als hier nachzuhaken. „Wie komme ich wieder zurück?" „Folge mir!" Du gehorchst wieder der Roboterstimme.

Du folgst Rob vertrauensvoll durch einen Geheimgang, dessen Eingang sich hinter einem Bild befindet. „Ich kann dich aber nur in irgendeine andere Zeit schicken, für genaue Zeiteinstellungen fehlt uns gleich die Zeit!" „Wie, das verstehe ich nicht wirklich…". Ratlos schaust du den Roboter an, erhältst aber wieder keine Antwort. Ihr hastet weiter. Erst als ihr vor einem riesigen Portal steht, antwortet dir Rob. „Hinter diesem Eingang befindet sich unser Museum. In ihm befindet sich die erste Zeitmaschine aus dem Jahr 2758. Sie ist nicht eine der Besten, aber ein Versuch ist es wert, oder?" Dir bleibt keine andere Wahl, wenn du wieder zurückkehren willst. Also gehst du mit Rob in das Museum. An den Wänden befinden sich Bilder, die in anderen Zeiten gemacht wurden, da bist du dir ganz sicher. Und neben den Bildern – du schaust näher hin – stehen unzählige Wächter. Ganz schwarze, große Roboter. Dich schaudert. Wie will Rob dich von hier wegbringen, bei den vielen Wächtern?

Ihr geht in den nächsten Raum. Er ist voller Besucher. Einige haben grüne Anzüge mit pinkfarbenen Sternen, andere gelbe Anzüge mit lila Sternen an, die meisten aber sind Roboter wie Rob. Zum Glück hast du dich umgezogen, denkst du. Aber Rob zieht dich schnell weiter. „Ein Glück, heute ist Besuchstag! Das bedeutet, dass man sich ohne weiteres die Maschine von innen anschauen kann", murmelt der Roboter. Da steht sie. Sieht unscheinbar aus. Wie eine silberne Kugel. „Schnell jetzt, klettere hinein", ungeduldig stupst Rob dich an. Du stolperst und stößt dir den Kopf an einem kleinen Hebel. Autsch! Du willst dich umsehen und Rob zum Abschied nochmals zuwinken, doch es gelingt dir nicht. Bevor du noch darüber nachdenken kannst, wird dir schwarz vor Augen.

 *Lies weiter auf Seite 54* ♦.

Du hast dich also entschieden, sitzen zu bleiben. Erst geht alles gut. Doch dann schaut einer der Römer dich direkt an und stutzt. Er wendet sich zu einem anderen Römer, redet mit ihm und zeigt auf dich. Was ist nur los? Du hast doch nichts gemacht, hast dieselbe Kleidung – du schaust an dir herunter. Alles in Ordnung. Mehr und mehr Römer schauen dich an. Da wird auch Cäsar aufmerksam und mit ihm seine Wachen. Ehe du dich es versiehst, stehen sie neben dir, und reißen dich hoch. Alle sind hocherfreut. Du bemühst dich zu verstehen, worum es eigentlich geht und merkst nach ein paar Sekunden, dass dich die Römer für einen entlaufenen Gefangenen halten, dem du sehr ähnlich sehen musst. Warum bist du nur sitzen geblieben?

Auf eine Handbewegung Cäsars hin führen dich die Wachen hinaus und bringen dich in ein altes, dunkles Gefängnis, in dem es nach Urin und Schweiß stinkt. Auch hier bist du nicht alleine. Aus einer Ecke kommen nach und nach Menschen. Gefangene wie du. Sie sehen abgerissen aus, krank und mager. Fast schon wie Totenschädel grinsen dich ihre zahnlosen Münder an. Sie bedrängen dich und du hörst heraus, dass alle morgen im Amphitheater den Löwen zum Fraß vorgeworfen werden sollen.

Als einer der Gefangenen mit seinen Knochenhänden deine Arme und Beine befühlt, wird dir klar, warum sie sich freuen. Was sollen die Löwen mit den armen Gestalten anfangen. Du bist viel attraktiver… Langsam steigt Panik in dir hoch und du fragst dich, wie lange es dauern wird, bis die Löwen dich zerfleischen. Schreckliche Bilder tauchen vor dir auf. Dir wird ganz übel. Zitternd setzt du dich in eine Ecke, die grinsenden Totenschädel und die spitzen Löwenzähne vor Augen. Es wird eine lange Nacht.

Am nächsten Morgen hörst du ein unbekanntes Geräusch. Es ist ein – Schlüssel, wie du jetzt erkennst. Der Wächter! Nun gibt es kein Zurück mehr. Tränen laufen dir über die Wangen, du merkst es kaum. Mühsam stehst du auf, denn deine Beine sind wie Pudding und dein Kopf schmerzt. Wie alle Gefangenen führt der Wächter auch dich in die Arena. Geblendet bleibst du stehen und es ertönt ohrenbetäubender Lärm. Da siehst du auch schon die Tiere auf dich zukommen. Löwen und Tiger umkreisen dich schleichend. Sie sind auf der Lauer und dir wird ganz schlecht vor Angst. Wie versteinert schaust du auf die Tiere. Da setzt ein Löwe zum Sprung an – er kommt näher und näher. Wie in Zeitlupe. Dieser Gedanke löst deine Erstarrung.

Zeitlupe! Und das in der Zeit der Römer! Fast musst du ein wenig lächeln. Das war das Stichwort! Immerhin hast du das Wissen aus dem Jahr 2006 und bist damit den Römern bestimmt überlegen. Blitzschnell rattern deine Gedanken durch deinen Kopf, während du deine Hände in die Hosentasche steckst. Moment! Was ist denn das? Das ist doch dein Taschenmesser und deine Schleuder. Habt ihr nicht gerade noch über David und Goliath im Religionsunterricht geredet?

In Sekundenschnelle holst du die Schleuder heraus und bückst dich, um einen Stein aufzuheben. Gerade im richtigen Moment – der Löwe fliegt über dich hinweg. Ein enttäuschtes Seufzen erfüllt die Luft. Na, denen wirst du es zeigen! Mit ein paar Steinen bewaffnet legst du mehrmals an und zielst genau. Nach 5 Würfen hast du es geschafft und alle Tiere liegen benommen am Boden. Die Menge jubelt! Du willst dir gerade neue Munition holen, da die Tiere sicherlich nur ein paar Minuten betäubt sind, als ein Mann auf dich zukommt. Er führt dich aus der Arena, in die jetzt einige neue Gefangene geführt werden. Im hinteren Teil des Amphitheaters fängt er an zu sprechen. Weil du so gut gekämpft hast, hat Cäsar befohlen, dass du jetzt Soldat wirst und mit gegen die Gallier in den Krieg ziehst.

Entscheide dich! Willst du dich dem Befehl Cäsars widersetzen, lies weiter auf Seite 22 ♣. Denkst du dir, dass es besser ist, Cäsar im Krieg gegen die Gallier zu unterstützen, lies weiter auf Seite 11 ♠.

♣

35

Das ist doch eigentlich ein ganz gutes Leben. Immer genug Geld und nette Menschen um sich. Du hast dich entschlossen bei den Hucks zu bleiben. Auf dem neuen Anwesen wachsen die Kinder der Hucks schnell zu großen und kräftigen Erwachsenen auf. Zwanzig Jahre später stirbt John. Ein Jahr später dann auch seine Frau. Doch sie haben dafür gesorgt, dass ihre Kinder keine Diebe werden müssen. Und du hast ihnen dabei geholfen. Du bist stolz auf dich. Du lebst noch lange mit den jetzt bereits erwachsenen Kindern auf dem Anwesen, doch eines Tages beschließen diese, sich eigene Häuser zu kaufen. Schweren Herzens gibst du ihnen ihr Erbe und verabschiedest dich von ihnen. Jetzt bist du alleine. Aber glücklich.

Hier endet deine Geschichte! Fange noch mal von vorne an und versuche, den richtigen Weg zu finden. Wenn du dich bemühst, wirst du es vielleicht schaffen, doch noch nach Hause zu kommen! Viel Glück!

Am nächsten Morgen wirst du von einem Hahnenschrei geweckt. Du öffnest schlaftrunken die Augen und blinzelst in die Sonne. „Good Morning! Hier hast du etwas zu Essen" Artus reicht dir ein Stück Brot und einen Becher mit Milch. Erst jetzt fällt dir wieder ein wo du bist. „Danke!" Das Brot ist noch ganz warm und schmeckt viel besser als die Cornflakes, die du zu Hause immer vorgesetzt bekommst. Nach dem du ausgiebig gefrühstückt hast, macht ihr euch wieder auf den Weg. „Wir gehen am besten zu den Grabstätten und suchen nach einem Grabstein, der dich zurück bringt. Du musst dann einfach nur dasselbe machen wie du es in deiner Zeit in dem Wald gemacht hast", erklärt dir Artus. Er hat sich in der Nacht also schon Gedanken gemacht wie er dir am besten dazu verhelfen könnte wieder zurück zu kommen – ein wahrhaft großer und fortschrittlicher König! So hast du ihn dir auch immer vorgestellt.

Nach einiger Zeit führt Artus dich zu einem Tor, das mit Efeu bewachsen ist und öffnet dieses. Doch keiner der Grabsteine sieht so aus wie der deine. Enttäuscht blickst du dich um. „Dort hinten waren wir noch nicht", versucht Artus dich zu ermutigen, als er sieht, dass du die Hoffnung schon fast aufgegeben hast. Tatsächlich, dort sind noch einige Grabsteine, die auch mit Moos bewachsen sind. Doch dort stehen ganz andere Daten als auf dem Grabstein, durch den du in die Vergangenheit befördert wurdest. Traurig und unentschlossen blickst du dich um.

Entscheide dich! Wenn du die Grabsteine ausprobieren möchtest, ob sie dich trotz der falschen Daten wieder nach Hause bringen, lies weiter auf Seite 41 ♠. Glaubst du aber, dass es sicherer ist, wenn du nach dem Stein suchst, der das richtige Datum hat, lies weiter auf Seite 47 ♥.

♠

Doch auch die schönste Zeit geht einmal vorbei. Zwei Monate nach Sophies Geburtstag hat sich endgültig wieder der Alltag auf dem Gut eingenistet. Du musst oft die Arbeit einer gekündigten Zofe übernehmen und das macht dir richtig zu schaffen. Außerdem ist es sterbenslangweilig. Und wer weiß, wann du wieder in deine Zeit zurück kommst? Es könnte morgen, in einem Monat oder vielleicht erst in einem Jahr sein. Möglicherweise kannst du auch gar nicht mehr zurück. Wenn das so ist, denkst du, willst du dir schleunigst einen besseren Job suchen. Also gehst du ein wenig betrübt, zu deinem Herrn. Dieser ist auch traurig, seine zweite Zofe zu verlieren, besonders aber, weil du dich immer so gut um Sophie gekümmert hast. Er stellt dir dein Zeugnis aus und bereits eine Woche später stehst du mit einem klimpernden Geldbeutel vor dem Gut. Ein letztes Mal drehst du dich um. Dein Blick wandert über die alte Fassade. Du wirst dieses Haus nicht so schnell wieder vergessen.

Plötzlich kannst du eine Gestalt am Fenster im 1. Stock erkennen. Es ist Sophie. Schüchtern winkt sie dir. Du winkst zurück und augenblicklich spürst du eine warme Träne über deine Wange fließen. Schnell drehst du dich um und läufst über den Hof, durch die Gassen, bis zum Marktplatz. Du hast Hunger. In deinem Geldbeutel kramend, gehst du auf den nächsten Stand zu und kaufst dir einen Apfel. Lange wird dein Geld nicht reichen, und so beschließt du, dich umzuhören, ob jemand eine Zofe benötigt. Doch obwohl du dir die Füße lahm läufst und ein tolles Zeugnis hast, bekommst du keine neue Stelle. In dieser Stadt scheinen alle versorgt zu sein. Nach dem fünfzehnten Haus gibst du schließlich auf. Es ist schon dunkel geworden. Frierend vor Kälte begibst du dich in ein Gasthaus. Dein letztes Geld musst du für die Übernachtung und eine warme Mahlzeit hergeben. Nach dem Essen schleppst du dich die Treppe in dein Zimmer hinauf. So müde warst du noch nie. Erschöpft öffnest du die Tür und kippst um.

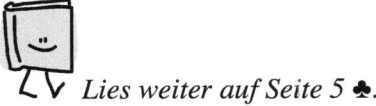

Lies weiter auf Seite 5 ♣.

In der Nacht träumst du von einem Hockeyplatz, auf dem du gerade ein wichtiges Spiel hast. Du läufst und läufst und willst das Gegentor verhindern, deshalb wirfst du deinen Schläger weg und versuchst, den Ball zu stoppen. Du siehst aus deinen Augenwinkeln, dass deine Schnürsenkel offen sind, doch bevor du freiwillig stoppen kannst, ist es schon zu spät. Du stolperst, fällst, überschlägst dich drei Mal. Dir wird schwindelig und dein Kopf schmerzt – doch was ist das? Um dich herum fühlt sich alles so weich an… Weich? Hast du etwa nur geträumt? Du versuchst, deine Augen zu öffnen, aber der Schlafdreck unter deinen Augenlidern macht dir Mühe, die Augen vollständig auf zu bekommen.

Verschlafen wir du bist, merkst du zwar, dass der Boden weich ist, doch du bist ganz unsicher, wo du dich eigentlich befindest. Als du deine Augen von Schlafdreck befreist, siehst du auf einmal diverse Werbungen von Läden und Shops. Das sieht aus, wie der Hockeyplatz eines Clubs! Du stehst auf und siehst ein Clubhaus. Langsam gehst du zu ihm hin. Merkwürdig! Alles ist so ruhig, keiner ist zu sehen und die Türen stehen sperrangelweit auf. Du weißt nicht, was du davon halten sollst. Langsam gehst du hinein. Drinnen ist es ganz ruhig, du hörst nur deine eigenen Schritte. Du rufst, doch keine antwortet dir.

Du fühlst dich sehr einsam und allein. Da du nicht genau weißt, wo du dich befindest, gehst du wieder hinaus und hoffst, dass du nun endlich draußen jemanden antriffst, den du nach dem Ort fragen kannst. Keiner ist zu sehen. Du gehst weiter und bist nach wenigen Minuten an einem großen, rechteckigen Gewässer. Sieht aus, wie eine Regattabahn, denkst du, denn im Sport kennst du dich aus. Irgendetwas raschelt im Gebüsch. Du erschreckst dich und drehst dich ruckartig um. Erleichtert atmest du auf. Im Gebüsch sitzt nur ein kleiner Hase, der dich mit seinen unschuldigen Augen anguckt. Bevor du ihm zulächeln kannst, wirst du blass.

Schreck lass nach, eine riesige Bulldogge erscheint wie aus dem Nichts und rast auf dich zu. Wie angewurzelt bleibst du stehen, dein Herz schlägt so laut, dass du nicht einmal das Bellen des riesigen Hundes hörst. Du willst weglaufen, aber deine Beine gehorchen dir nicht. Immer näher und näher kommt der Hund – doch gerade, als du denkst, dass deine letzte Stunde geschlagen hat und er dich in Fetzen reißt, bleibt er kurz vor dir stehen. Er lächelt dich an und du vernimmst eine Stimme.

Hat der Hund gerade gesprochen, fragst du dich? Tatsächlich! Er sagt auf deine unausgesprochene Frage, dass du dich auf der Regattabahn in Duisburg befindest. In Duisburg? Du überlegst. Das hat deine Klasse doch gerade in Erdkunde besprochen. In der Stadt befinden sich doch auch der größte Binnenschifffahrtshafen, ein toller Zoo und der Landschaftspark-Nord. Du willst dem Hund antworten, doch als du nach unten schaust, ist er nicht mehr da. Verwundert kickst du einen morschen Stock, der vor dir liegt, weg und siehst darunter etwas funkelndes auf dem Boden liegen. Du bückst dich und erkennst, dass es ein Ring mit einem grünen Edelstein ist. Vorsichtig hebst du ihn auf und ziehst ihn an deinen Finger. Er passt! Doch eh du ihn dir weiter anschauen kannst, fällt etwas auf deinen Kopf. Autsch, denkst du und willst nachschauen, was das war. Gerade, als du dich reckst, fällt dir zum zweiten Mal etwas auf den Kopf. Autsch! Benommen reibst du dir den Kopf. Du blinzelst in die Umgebung und auf einmal fällt dir auf, dass dir gar nichts auf den Kopf gefallen ist.

Du liegst vielmehr auf weichem Waldboden und hast dir den Kopf an einem Grabstein gestoßen. Waldboden? Grabstein? Du bist verwirrt. Ist das etwa der Grabstein, den du mit Mr. Bean gefunden hast? Bist du wieder zuhause? Vorsichtig stehst du auf und schüttelst deine Arme und Beine, um sie von Laub und trockenen Ästen zu befreien. Auf einmal hörst du ein leises Bellen, das immer näher kommt. Mr. Bean! Du lächelst. Auch er ist wieder da und bestimmt kann er immer noch nicht sprechen, wie diese riesige Bulldogge. Doch wie bist du wieder zurückgekommen? War alles nur ein Traum? Oder träumst du etwa jetzt schon wieder? Nachdenklich gehst du nach Hause und beschließt, dass niemand von dieser außergewöhnlichen Reise erfahren soll – auch nicht deine besten Freunde.

Gut gemacht! Du bist wieder glücklich zuhause angekommen. Wenn du noch mehr Abenteuer erleben willst, fange doch noch mal von vorne an. Viel Spaß!

Du stehst auf und schüttelst das Laub von deiner Jacke. Langsam gehst du auf den Jungen zu. Verwundert siehst du, dass er wie Feuer glüht. Doch du hast keine Zeit es näher zu betrachten oder zu verstehen, was hier vor sich geht, denn du hörst, dass der Wolf und der Rabe zurückkommen. Schnell versuchst du wieder in dein Versteck zu gelangen doch es ist zu spät. Arghh, du fühlst dich, als hättest du ein Messer im Rücken stecken. Es ist der Wolf der dich mit seinen Krallen verletzt. Du versuchst zu entkommen doch er springt dich an und schlägt seine Zähne in deinen Hals. Du spürst noch, wie der Rabe um dich herumflattert, dann schwinden dir die Sinne…

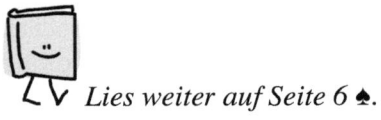

Lies weiter auf Seite 6 ♠.

Du hast dich dafür entschieden, durch die Gänge der Arena zu fliehen und läufst auf den Ausgang zu. Deine Augen sind nur auf das Ziel gerichtet. Der Weg ist zwar frei, aber langsam merken die Zuschauer, was du vorhast und einige von ihnen versuchen dich aufzuhalten. Jetzt stehst du vor einem großen Mann, der dir den Weg versperrt. Dir fällt auf, dass es der Mann vom Eingang ist. Du kochst vor Wut. Der Mann hätte schon einmal fast deinen Plan zerstört. Du bist entschlossen, den Mann zu erledigen und momentan ist dir egal wie. Ohne nachzudenken schlägst du auf ihn ein. Schon nach kurzer Zeit musst du bei dem Mann ein paar Stellen getroffen haben, an denen er wirklich verletzlich ist.

Wie du das geschafft hast, weißt du nicht, aber du bemerkst, dass er solche Schmerzen zu haben scheint, dass er sich gar nicht mehr um dich kümmert. Du nutzt die Gelegenheit und rennst an ihm vorbei. Auf dem Weg hast du noch ein paar Menschen umgerannt, doch das ist dir im Moment egal. Endlich hast du dein Ziel erreicht. Atemlos läufst du durch das Tor und glaubst, in Sicherheit zu sein. Doch du siehst die Kante nicht, die vor dir aus dem Boden ragt und stolperst. Du fällst und alles um dich herum verschwimmt.

2200 Jahre später finden Forscher die Überreste eines Skeletts vor einer Arena in einem Vorort von Athen…

Hier endet deine Geschichte! Fange noch mal von vorne an und versuche, den richtigen Weg zu finden. Wenn du dich bemühst, wirst du es vielleicht schaffen, doch noch nach Hause zu kommen! Viel Glück!

Du bleibst weiterhin in deinem Versteck. Komischerweise wird dein Blick immer verschwommener. Was ist das bloß? Dein Blick wird immer verschwommener und verschwommener. Du kannst nichts mehr erkennen. Dann wird es dir schwarz vor Augen und du verlierst das Bewusstsein. Als du wieder zu dir kommst, bist du auf einem verlassenen Platz. In der Mitte des Platzes befindet sich ein kleiner Schrein. Auf dem Schrein entdeckst du ein Zeichen, das dir wohl bekannt ist. Du hast es schon einmal als ein Talisman gesehen: Yin & Yang. Du schaust dich weiter um und hoffst einen Menschen zu treffen. Vergebens! Niemand weit und breit. Links und rechts des Platzes stehen einige kleine bescheidene Hütten. Eventuell ist ja dort jemand? Also entschließt du dich nach rechts zu gehen.

Zwischen den Hütten verläuft ein kleiner Pfad. Du folgst ihm eine Weile bis er dich zu einem weiteren Schrein führt. Im Unterschied zu dem anderen ist er verwuchert und fast nicht mehr zu erkennen. Vorsichtig gehst du mit deiner Hand über den Deckel. Plötzlich fängt der Boden an zu Wackeln und aus dem Schrein erscheint grelles Licht. Anschließend bricht er in sich zusammen. Erschrocken und verblüfft schaust du dir das Schauspiel an, das genauso plötzlich endet, wie es angefangen hat. Nur daran, dass im Trümmerhaufen des Schreins immer noch ein schwaches Licht leuchtet, erkennst du, dass du nicht geträumt hast. Du schiebst die Trümmer zur Seite und siehst wieder einen Talisman mit dem Yin und Yang Zeichen. Allerdings ist er in der Mitte geteilt und die andere Hälfte nicht da. Du nimmst den Talisman auf und steckst ihn in deine Tasche. Kaum hast du das gemacht, erfüllt dich die Stimme des alten Mannes: „Du hat die Prophezeiung durchschaut. Erfülle sie!" Die Stimme in deinem Innern verhallt. So merkwürdig, wie alles ist, was du erlebst, wunderst du dich über gar nichts mehr.

Da du Rätsel immer geliebt hast, und denkst, dass du sowieso nie erfahren wirst, wie die Stimme zu dir gekommen ist, beschließt du, darüber nachzudenken, was die Stimme gemeint haben könnte. Du holst den Talisman wieder aus der Hosentasche, betrachtest ihn nochmals genau und kommst nach einiger Zeit auf eine Idee: Vielleicht ist das Dorf so geteilt wie der Talisman und du musst sie in der Mitte zusammenführen? Gedankenversunken machst du dich auf den Weg zur anderen Seite des Dorfes. Du hast Recht. In der anderen Hälfte des Dorfes ist ebenfalls ein Schrein mit der anderen Hälfte des Talismans. Nun hast du ihn komplett und rennst zurück in die Mitte auf den Platz. Du führst die beiden Talismane zusammen und legst sie in den Schrein. Erneut ertönt die Stimme des alten Mannes: „Du hast die Prophezeiung erfüllt - nun helfe ich dir, dass du nach Hause kommst." Er murmelt ein paar dir unbekannte Worte, es wird dunkel und du sinkst langsam in einen tiefen Schlaf…

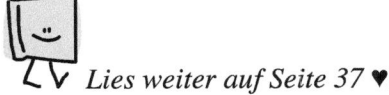

Lies weiter auf Seite 37 ♥.

„Und glaubst du, dass von denen hier einer der richtige Stein sein könnte?" Artus blickt dich an, „Ich weiß nicht. Das Datum ist zwar anders, aber ein Versuch ist es doch wert. Was kann schon passieren, wenn es der Falsche ist? Versuch es doch Mal – und viel Glück!" Artus winkt dir wie zum Abschied zu. Folgsam streichst du wie schon im Wald, als du noch in in deiner Zeit warst, das Moos beiseite, doch wieder passiert nichts. Als du es ein weiteres Mal ohne Erfolg probierst, willst du schon die Hoffnung aufgeben. Eigentlich gefällt es dir hier ganz gut. Man könnte ja auch ohne Handys, Computer und Fernseher leben, doch Artus hat mehr Durchhaltevermögen: „Komm schon! Ein Versuch noch. Man sagt doch: Alle guten Dinge sind drei." Er deutet auf einen weiteren Stein und du bückst dich langsam, „Wenn das jetzt wieder nicht funktioniert – dann – aaaaaaaahhh……."

Du hörst wieder diesen Knall und alles um dich herum wird plötzlich ganz verschwommen. Nach einiger Zeit merkst du, wie du wieder Halt unter den Füßen bekommst. Als du dich umsiehst bist du tatsächlich nicht mehr im Mittelalter, doch leider auch nicht in der Gegenwart…

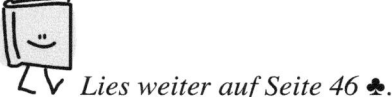

Lies weiter auf Seite 46 ♣.

Nun gut, du möchtest nicht zum Schuster, aber wo sollst du denn sonst hin? Zuerst schläfst du auf der Straße überlegst du dir. Morgen wirst du weiterschauen. Am nächsten Morgen hast du unglaublichen Hunger, warum wolltest du den Job nur nicht? Vielleicht könntest du zum Schuster gehen und gucken, ob er die Stelle noch nicht vergeben hat. Kurz entschlossen kehrst du zurück. Doch als du dort ankommst, sagt der Schuster dir, dass die Stelle leider schon vergeben sei. Verflixt, warum warst du gestern nur so hochnäsig?

Du gehst aus dem Laden und siehst eine Patroullie auf dich zukommen. Da du nicht weißt, ob man schon nach dir sucht, gehst du schnell in eine Seitenstraße. Vorsichtig schaust du dich um – keiner zu sehen. Trotzdem gehst du zur Sicherheit noch weiter, ein wenig die Straße entlang, in eine weitere und noch eine weitere. Nach vielen gelaufenen Kilometern siehst du einen Platz – man kann es wohl so nennen – auf dem etwas entsteht. Neugierig gehst du näher, betrachtest es von allen Seiten, willst es anfassen – aber in dem Moment als du es berührst, saugt es dich ein.

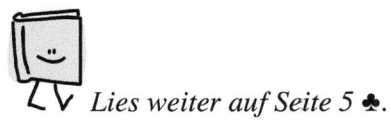

Lies weiter auf Seite 5 ♣.

Du kannst es nicht fassen! Jetzt bist du nicht nur im Mittelalter gelandet, sondern auch noch in einem Gefängnis, oder eher gesagt Kerker, in dem es sehr nach Moder

riecht. Du traust dich gar nicht, dich auf den Boden zu setzten, da dieser bestimmt noch nie gefegt wurde und es nicht sehr unwahrscheinlich ist, dass hier auch viele Ratten eine Zuflucht gefunden haben. „Psst…". Es nähern sich Schritte und schrecken dich aus deinen Gedanken. Dein Herz klopft wie wild. Wer könnte das sein? Wer schleicht denn schon mitten in der Nacht in Kerkern herum? Das kann doch nichts Gutes verheißen. „Wer ist da?", fragt eine recht freundliche und angenehme Stimme. Zögernd trittst du aus dem Schatten, bis an die rostigen Gitter deines Gefängnisses und siehst eine schwarz gekleidete Gestalt – etwa so groß wie du. „Keine Angst!" Die Person mit der freundlichen Stimme zieht sich den schwarzen Umhang aus und zum Vorschein kommt ein Junge in deinem Alter, der dich verlegen anlächelt. „Ich habe vorhin beobachtet wie du abgeführt wurdest. Ich wollte dir ja helfen, aber gegen die Ritter habe selbst ich keine Chance." „Wer bist du überhaupt?" Fragend siehst du den Jungen an. Du hast dich wieder gefasst und deine Stimme klingt sicher. Auch sieht der Junge nicht so aus, als würde er eine Gefahr für dich sein.

„Ach ja, entschuldige. Ich habe mich noch gar nicht vorgestellt. Mein Name ist Artus. Ich bin der Sohn des Königs. Aber mach jetzt bloß keinen Knicks oder so, sonst kann ich dir leider nicht helfen." Er sieht wohl dein verwirrtes Gesicht und versucht zu erklären: „Versteh mich nicht falsch, es hat schon seine Vorteile, Sohn eines Königs zu sein, doch ich finde es schrecklich, wenn die Adligen den Bauern gegenüber gestellt werden. Deswegen habe ich auch diesen Umhang angehabt. So haben sie mich alle für einen Stallknecht gehalten und ich konnte unbemerkt hierher kommen.

Aber jetzt habe ich erst mal genug über mich erzählt. Warum haben dich die Wachen abgeführt?"

Was sollst du tun? Artus scheint sehr nett zu sein und möchte dir helfen. Aber was ist wenn er dir auch nicht glaubt, wenn du die Wahrheit erzählst? Andererseits sieht er sehr vernünftig aus und du kennst natürlich die Artussage (und hast den großen König immer bewundert). Ein Versuch ist es wert, beschließt du und dann strömen die Worte einfach aus dir heraus, ohne dass du noch mal darüber nachdenken kannst, ob dies wirklich die richtige Entscheidung ist: „Es begann alles mit diesem Grabstein. Ich bin mit meinem Hund spazieren gegangen und da war er plötzlich. Ich dachte mir nichts dabei und hab einfach mal das Moos abgewischt und dann, BOOOM!!! war ich plötzlich hier auf dem Marktplatz. Da kamen diese Männer, in den Rüstungen und bevor ich wusste, wie mir geschah, haben sie mich abgeführt. Ich weiß nicht, was ich tun soll. Ich möchte doch einfach nur wieder nach Hause, aber das geht ja nicht…"

Du unterbrichst dich selbst, als du merkst, dass dir vor lauter Verzweiflung die Tränen kommen. „Jetzt hältst du mich doch bestimmt auch für total verrückt." Du ärgerst dich über dich selbst, darüber dass du fast geheult hast und dass Artus sich einfach umgedreht hat. Doch Artus hat sich nur umgedreht, um den Schlüssel des Verlieses zu nehmen. Er hat genau so weit entfernt gehangen, dass man ihn als Gefangener knapp nicht erreichen konnte. Wahrscheinlich war dies extra so gemacht, um die Gefangenen zu foltern. Artus hat aber mittlerweile den Schlüssel heruntergenommen und öffnet jetzt den Kerker.

Freundlich schaut er dich an und meint: „Hör zu, wie wäre es, wenn du jetzt mit kommst? Die Wächter kommen nämlich zwischendurch gucken, ob alles in Ordnung ist und ich habe keine Lust auf einen Kampf mit denen." „Soll das heißen, dass du mir glaubst?" Verwundert blickst du den Jungen mit dem braunem Haar und den vertrauensvollen Augen an. Dieser nickt nur und zieht dich sanft mit sich. „Du solltest das hier überziehen! Nur zur Sicherheit." Er reicht dir den Umhang, durch den er sich getarnt hat. Alles geht gut und freudig siehst du die ersten Sonnenstrahlen eine Steintreppe hinunter scheinen. Ihr steigt die Stufen hinauf und gerade, als du erleichtert ins Licht treten willst, versperren euch zwei Männer den Weg.

„Wo wollt ihr denn hin?" Mit einem schadenfrohen Lächeln sieht euch der Eine an und zeigt euch seine zum Teil schwarzen Zähne. „Ich wollte einen Gefangenen befreien und habe dies gemacht." Die beiden blickten Artus verwirrt an. „Er lügt!" Sagt der eine „Sonst würde er es wohl kaum sagen." „Oder er sagt es, damit die Wächter sich über das, was er sagt, den Kopf zerbrechen. Und nun beiseite – wir haben nicht vor, die ganze Nacht hier zu verbringen.", vollendet Artus sein Ablenkungsmanöver. Während die Wächter sich noch verwirrt anschauen, lauf ihr so schnell ihr könnt an den verwirrten Wächtern vorbei. Irgendwann hört ihr sie noch von Ferne rufen: „Stehen bleiben! Das ist ein Befehl! Im Namen des Königs!" Doch da seid ihr schon längst verschwunden.

Erst an einer alten Scheune macht ihr Halt. Lachend tretet ihr ein und du wirfst dich erst einmal erschöpft auf einen der Heuballen. „Zugegeben, ich wusste dass die beiden schwer von Begriff sind, doch dass es so einfach wird hätte ich nicht gedacht." Artus legt sich lachend neben dich „Aber jetzt sollten wir überlegen wie du wieder nach Hause kommst. Du sagtest etwas von einem Grabstein? Ich kann es ja selbst kaum glauben, doch du bist ja wohl der lebende Beweis mit deiner komischen Kleidung." Du nickst nur müde.

Natürlich möchtest du so schnell es geht nach Hause, doch du musst das Erlebte erst verdauen und dann fallen dir einfach die Augen zu. Als Artus dir den Umhang überlegt und du aufwachst legt er nur den Finger auf die Lippen „Keine Sorge, ich bleibe die Nacht über hier und morgen sehen wir weiter." Du kannst nur noch ein „Danke" herausbringen, als du auch schon wieder einschläfst.

Lies weiter auf Seite 36 ♠.

Du duckst dich tief und bleibst still im Nest sitzen. Hoffentlich entdeckt dich der Saurier nicht! Was für ein Glück, deine Tarnung war erfolgreich und er bemerkt dich nicht. Du wartest und wartest. Deine Beine fangen an, zu kribbeln… Nur nicht bewegen, denkst du und bemühst dich, nicht an deine Beine zu denken. Dann plötzlich kribbelt es auch in der Nase. Nicht niesen, befiehlst du dir, nicht niesen! Ewig lange musst du warten, es wird immer unbequemer. Aber schließlich fliegt der Saurier wieder weg. Ein Glück, länger hättest du es kaum ausgehalten!

Du sortierst deine Beine und schleichst dann davon. Einfach in den tiefen Dschungel hinein, der vor dir liegt. Dein Ziel ist es, einen Weg zu finden, auf dem du wieder nach Hause kommen kannst. Hier willst du auf keinen Fall bleiben! Dann lieber 20 Stunden Latein! Du schlägst dich durch dichte Gebüsche, irgendwo hörst du die Flugsaurier kreischen. Es muss doch irgendeinen Ausweg aus dieser Zeit geben?

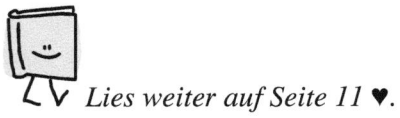

Lies weiter auf Seite 11 ♥.

Nach dem Knall stehst du auf einem Platz mitten in einer Stadt. Du siehst viele Stände und viele Menschen beim Handeln, Kaufen und Verkaufen. Dir fällt auf, dass die Leute alle anders angezogen sind als du. Sie tragen meist dunkle Kleider und Hosen, nur wenige sind bunt gekleidet. Alle schauen dich sehr komisch an. Du schaust an dir herunter und merkst, dass sie sehr verwirrt sind, da du mit Jeans, T-Shirt und Turnschuhen ganz anders aussiehst.

Die Menschenmenge, die dich staunend betrachtet, wird immer dichter. Auch die Stimmung ändert sich. Haben dich alle erst noch neugierig angeschaut, werden sie zunehmend unfreundlicher. Einzelne getuschelte Worte dringen an dein Ohr: „Hexe… Zauberei…Teufel". Unruhig schaust du dich um und du beschließt dich vorsichtig von der Menschenmenge zu entfernen und an einen ruhigeren Ort zu gehen. Du entdeckst eine kleine Gasse und als du dich in Bewegung setzt, um dort hin zu gehen, tritt die Menge feindselig schweigend auseinander und lässt dich durch. Du atmest tief durch und gehst weiter, die Blicke in deinem Rücken. Als du endlich an der Seitenstraße angekommen bist, schaust du dich vorsichtig um. Keiner ist dir gefolgt, aber alle schauen dir nach.

Du huschst in die Straße hinein, gehst sofort noch um eine Ecke und bist froh, allein zu sein. Das bist du aber leider nicht lange. Als du die Seitenstraße ein wenig entlanggehst, kommt dir eine Abteilung Musketiere entgegen, jeder von ihnen trägt eine weiße Hose, Stiefel, ein Hemd und über dem Hemd einen Waffenrock. Selbstverständlich tragen sie auch Waffen und zwar einen Degen und eine Muskete. Was sollst du tun? Rechts und links sind die Häuser hoch, du kannst also nur vor oder zurück. Du musst dich entscheiden, sie bleiben stehen, gucken dich ganz verwirrt an und nehmen ihre Muskete hoch

Entscheide dich! Willst du lieber zurück laufen, lies weiter auf Seite 19 ♥. Gehst du zu den Musketieren nach vorne, lies weiter auf Seite 12 ♣.

Du stehst auf einem großen mit Menschen überfüllten Platz. Die Menschen drängen sich um viele kleine Stände aus denen du laute Rufe in einer fremden Sprache hörst. Die Menschen tragen seltsame Kleidung. Du stellst fest, dass du in einer Welt gelandet sein musst, die schon viele tausend Jahre zurück liegt. Als du dich ein wenig umsiehst, bemerkst du seltsame Bauwerke.

Irgendwo hast du die doch schon mal gesehen? Nachdenklich schaust du dich weiter

um. Sie sehen so neu aus? Irgendwie hast du sie verfallener in Erinnerung… Als ein Mann dich anspricht, merkst du, dass die Sprache fremd wirkt du sie aber trotzdem verstehst. Das irritiert dich und du zögerst. Dann aber versuchst du ihm eine Antwort zu geben und es fällt dir auf, dass du die Sprache sogar sprechen kannst. Du fragst den Mann, ob es hier in der Nähe ein Rathaus gibt. Der Mann zeigt mit dem Finger auf ein riesiges Haus mit großen Säulen. Über dem Eingang steht etwas geschrieben.

Entscheide dich! Wenn du das Gebäude betreten willst, lies weiter auf Seite 24 ♠. Willst du zuerst das Geschriebene entziffern, lies weiter auf Seite 49 ♦.

„Was ist los? Geht es dir nicht gut?" Artus sieht dich besorgt an „Nein, nein. Alles in Ordnung. Ich weiß nur nicht ob es der richtige Stein ist. Was ist, wenn das Datum eine Rolle spielt und ich durch das falsche Datum in eine andere Zeit komme? In die Zeit vom Datum nämlich?" Artus überlegt. Dann meint er: „Lass uns lieber weiter suchen!" Plötzlich zögert er, „Eigentlich fände ich es schade wenn wir den richtigen Weg in deine Zeit finden würden. Willst du nicht doch hier bleiben? Ich habe keinen Freund und du könntest hier ein ganz neues Leben beginnen." Du schaust Artus an. Die Versuchung ist groß, aber Du schüttelst den Kopf. „So schön ich es hier auch finde, ich könnte niemals hier leben. Zu Hause wartet doch meine Familie. Die machen sich bestimmt schon Sorgen."

Ihr lauft ein Stück weiter, als du über etwas stolperst, „Au, verdammt!" „Was ist? Besorgt blickt Artus dich an „Ach ich bin nur gestolpert... Was ist das überhaupt?" Als du nachsiehst bemerkst einen alten Grabstein, „Mein Gott. Das ist er!", rufst du erfreut, „Der Grabstein, Artus sieh nur! Es ist das richtige Datum darauf." Du bist ganz aufgeregt, da du schon gar nicht mehr damit gerechnet hast, nach Hause zu kommen. Doch Artus scheint überhaupt nicht erfreut. „Hör zu..." Du möchtest nicht zuhören, da du weißt, was er sagen will und unterbrichst ihn: „Ich würde dich ja besuchen kommen, aber..." Artus schüttelt den Kopf „Nein, schon in Ordnung. Ich verstehe ja, dass du nach Hause möchtest, aber – Moment, wie wäre es, wenn ich mit komme?" Du blickst ihn verwundert an. Das ist doch jetzt nicht sein Ernst, oder? Das würde doch alles verändern! Wer weiß, ob es dich dann noch gäbe? Ein mulmiges Gefühl beschleicht dich und so erwiderst du: „Ich würde mich zwar freuen wenn du mitkommen würdest, aber das geht doch nicht. Du würdest die ganze Zukunft verändern. Ich bin mir nicht sicher, aber wenn ich im Geschichtsunterricht richtig aufgepasst habe, wäre es möglich, dass du später mal ein sehr bedeutender König wirst. Du wirst die Tafelrunde gründen und..." „Die Tafelrunde?" Artus sieht dich verwirrt an „Das ist eine Gruppe von Rittern, die zusammen... Ach, vergiss es. Du kannst auf keinen Fall mitkommen." Natürlich tut es dir leid ihn so zu enttäuschen, doch du hast keine andere Wahl. „Na dann, leb wohl, und vergiss mich nicht direkt!"

Du siehst nur noch wie er dir zuwinkt, als alles vor deinen Augen verschwindet. Als du wieder klar sehen kannst, stehst du doch tatsächlich wieder im Wald vor dem Grabstein. Auch Mr. Bean ist wieder da, springt dich an und bellt freudig. „Na komm! Ab nach Hause!" Lachend läufst du nach Hause. Deine Mutter öffnet dir die Tür. „Du bist schon wieder da? Du warst keine viertel Stunde weg." „Oh ich war viel länger weg als du glaubst..." Verwundert blickt deine Mutter dich an und schüttelt den Kopf und murmelt: „Dieses Kind werde ich wohl nie verstehen..."

Gut gemacht! Du bist wieder glücklich zuhause angekommen. Wenn du noch mehr Abenteuer erleben willst, fange doch noch mal von vorne an. Viel Spaß!

Nach langen Überlegungen entscheidest du dich, doch zu den Galliern zu gehen, da du Cäsars Pläne mit ihnen absurd findest und die Gallier auch mehr magst als die Römer! Immerhin bist du auch Deutscher und die Gallier sind deiner Ansicht nach mehr deine Vorfahren als die Römer. Du musst nur noch einen günstigen Moment abwarten, dann kannst du versuchen schnell und unbemerkt irgendwie aus dem Lager und ins Dorf zu kommen. Trompetenstöße erklingen. Alle sollen sich versammeln um die Strategie noch einmal durch zusprechen. Dieser Moment erscheint dir günstig. Hierbei kommt es auf einen Mann mehr oder weniger auch nicht an, denkst du dir.

Du huschst schnell wie eine Schlange in den dichten Wald und du schleichst zum Dorf. Bevor du versuchst, hineinzukommen, legst du schnell die römischen Kleider ab, verstrubbelst dein Haar reißt die Kleider auseinander und bastelst dir aus den Fetzen einen Überwurf. Wie gut, dass du Weidenzweige gefunden hast! Als das geschehen ist, gehst du zum Dorf und es gelingt dir, die Wachen an den Toren der Gallier zu überreden und dich hinein zu lassen! Sie bringen dich zu ihrem Anführer, du erzählst die ganze Geschichte, doch man schenkt dir keinen Glauben. Vorsichtshalber schicken sie aber dennoch einen Späher aus und als dieser wiederkommt, gibt er zu, dass du wohl Recht hattest. Ihr Anführer entschuldigt sich bei dir, doch er möchte wissen warum du zu ihm gekommen bist und Cäsars Armee verraten hättest. Du antwortest, dass du dich eigentlich vor dem Krieg fürchtest und keine große Lust auf eine Schlacht hättest. Bedächtig nickt der Anführer und winkt den Wachen zu, dich erst einmal abzuführen bis er über den weiteres Leben entschieden hat. Das hast du dir wahrlich anders vorgestellt… Die Wachen stellen sich hinter dich und gemeinsam geht ihr aus dem Zelt des Anführers hinaus. Als du draußen bist, siehst du gerade vor dir einen Grabstein, der dem, durch den du gefallen bist, sehr ähnelt. Du gehst zögernd auf ihn zu, die Wachen hinterher. Schließlich trittst du als erster auf den Grabstein und genau in dem Moment in dem du ihn berührt hast verschwinden die Wachen und die ganze Umgebung des gallischen Dorfes.

 *Lies weiter auf Seite 52♣.*

Du trittst näher an das Gebäude heran, auf das der Mann dich hingewiesen hast und versuchst zu lesen, was über dem Eingang geschrieben steht. Mühsam entzifferst du die eigenartigen Buchstaben „T-H-E-A-T-E-R-D-E-R-S-T-A-D-T-A-T-H-E-N – Theater der Stadt Athen" liest du laut. Du stutzt, da dir etwas aus dem Geschichtsunterricht einfällt. Theater? War das nicht so, dass in einem Theater früher nicht nur Theater gespielt wurde, sondern manchmal auch Kämpfe zur Schau gestellt wurden? Neugierig steigst du die erste Stufe hinauf…

Entscheide dich! Willst du das Theater betreten, lies weiter auf Seite 24 ♠. Willst du lieber umkehren, da du Sorge hast, vielleicht selber kämpfen zu müssen, lies weiter auf Seite 7 ♣.

♠

„Entschuldigung, könnten sie mir sagen wo ich hier bin? Ich glaube ich habe mich verlaufen." Die Ritter steigen von ihren Pferden und mustern dich misstrauisch. „Wer seid ihr? Und woher kommt ihr?" Die tiefe Stimme des Ritters hörte sich furchteinflößend an. „Nun ich, weiß auch nicht so recht, wie ich hierher gekommen bin. Vorhin war ich noch mit meinem Hund im Wald und dann stand ich plötzlich auf diesem Marktplatz. Wo genau bin ich denn hier? Können sie mir das Datum sagen?" „Es ist das Jahr 500 n. Chr. Warum wollt ihr das wissen?" „Nun ich komme aus dem Jahr 2006…", versuchst du, deine Frage zu erklären doch die Ritter brechen in schallendes Gelächter aus.

„2006? Erzählt uns doch etwas darüber!" Anscheinend halten sie das für einen Witz, doch du willst es ihnen beweisen. „Nun im Jahr 2006 fährt man nicht mehr in Kutschen oder reitet, um sich fort zu bewegen, sondern man nimmt den Bus oder die Bahn. Die meisten Leute fahren aber mit dem Auto…" Bei so viel Wissen, was du ihnen vorträgst, müssen sie dich doch ernst nehmen, denkst du! Doch da hattest du dich geirrt. Sie hören dir zwar interessiert zu, doch als du geendet hast, tuscheln sie miteinander. Dir fällt auf, dass du Begriffe verwendet hast, die sie gar nicht kennen können und merkst, dass es sich bei ihrem Gespräch um dich handelt. Insbesondere der kleinere Ritter wirft dir andauernd skeptische Blicke zu. Zögerlich schaust du dich um. Gibt es einen Fluchtweg? Doch noch bevor du einen Entschluss fassen kannst, fängt der große Ritter wieder an, mit dir zu sprechen: „Wie ihr sicher wisst, sucht der König einen neuen Hofnarren. Da ihr in der Lage zu sein scheint, auch mal andere Geschichten zu erzählen, wärt ihr sicher der Richtige dafür. Was sagt ihr? Nehmt ihr das Angebot an?" Du überlegst. Was hast du schon zu verlieren? Und vielleicht findet sich ja in der Burg des Königs jemand, der dir helfen kann?

Kurz entschlossen antwortest du dem Ritter mit einer Zusage: „Nun, eigentlich bin ich nicht so gut im Erzählen, doch ich würde es gern versuchen." Die Ritter steigen ab und gemeinsam geht ihr den Weg zurück über den Markt und hin zu einer großen Burg. Der Bergfried ragt hoch in den Himmel und die hölzerne Zugbrücke wird knarrend herunter gelassen. Du bist sehr nervös. Was wird dich erwarten? Gibt es jemanden, der dir helfen kann? Oder bist du für immer in dieser Zeit gefangen? Deine Gedanken werden von den Rittern unterbrochen, die dich auffordern ihnen zu folgen. Ihr geht über die Zugbrücke durch das Tor hindurch in einen großen Burgplatz und anschließend über eine große Treppe in eine riesige Halle, einen richtigen Saal! An den Wänden befinden sich schwere Wandteppiche mit Bildern von Kriegern und Burgen darauf. Dieses Gebäude beeindruckt dich sehr und gibt dir das Gefühl ganz klein zu sein. Ihr durchquert den Saal und geht zu einer Tür, vor der du warten musst, während einer der Ritter hineingeht, um dich irgendwo anzumelden. Ungeduldig trittst du von einem Bein auf das andere, während die anderen Ritter dich heimlich beobachten. Endlich wirst du herein gebeten. Kaum betrittst du den Raum, der nur unwesentlich kleiner zu sein scheint als der Saal, siehst du am Ende des Raumes zwei goldene Throne. Auf dem einen sitzt ein Mann in einem prachtvoll bestickten Gewand. Nach deiner Meinung ist das der König, denn der andere ist zu jung dazu. Er ist etwa in deinem Alter und scheint vom Aussehen her der Sohn des Königs zu sein. Anders als sein Vater sieht er aber ziemlich gelangweilt aus.

Sein braunes Haar ist ordentlich zurück gekämmt und seine blauen Augen sehen traurig bis gleichgültig aus. Du bist dir nicht sicher, was du tun sollst. Doch du bekommst einen Schwertknauf in den Rücken gestoßen und eine Stimme raunt dir zu „Los, verbeugen!" Nachdem du dich verbeugt hast, bleiben die Ritter in respektvoller Entfernung vor dem König stehen und stellen dich dem König vor. Als er die Zahl 2006 hört und erfährt, dass du glaubst, aus der Zukunft gekommen zu sein, lacht er laut auf. Auch sein Sohn lächelt. Beide bitten dich, näher zu kommen und ein wenig über die Zukunft zu erzählen. Je mehr du erzählst, desto mehr lachen die beiden und nach ungefähr einer Stunde ist der König unglaublich vergnügt. Auch sein Sohn, der dir inzwischen als „Artus" vorgestellt wurde, sieht überhaupt nicht mehr gelangweilt aus, sondern scheint sich richtig zu freuen, dass du da bist. Beide beschließen, dass du der neue Hofnarr wirst und winken einen Diener herbei, der dir dein Zimmer zeigen soll.

Ihr geht über eine Reihe von Treppen und Stiegen bis ihr in einem kleinen, aber gemütlichen Zimmer angekommen seid. Erschöpft lässt du dich auf dem kleinen Bett nieder. Hofnarr… Auf ewig in einer Burg, umgeben von Menschen, die dir nicht glauben… Du bist verzweifelt.

Plötzlich hörst du ein leises Klopfen an deiner Tür. Als du öffnest, steht der Sohn des Königs, Artus, vor dir. „Tut mir Leid das ich noch störe, doch ich wollte unbedingt noch mit dir reden." Da dir in deiner Stimmung ohnehin alles egal ist, bittest du ihn herein und ihr nehmt an einem kleinen Holztisch Platz, der vor dem ebenso kleinen Fenster steht. „Mich haben deine Geschichten sehr interessiert und ich wollte dich mal fragen, woher du dies alles über die Zukunft weißt. Es geht im Schloss das Gerücht herum, dass du tatsächlich aus der Zukunft kommst…"

 Entscheide dich! Wenn du Artus die Wahrheit sagen willst, und hoffst, dass er dir vielleicht hilft, in deine Zeit zurück zu kommen, lies weiter auf Seite 30 ♠. Willst du lieber so tun, als ob es dir hier ganz gut gefällt und sagst ihm, dass es deine Aufgabe ist dir Geschichten auszudenken, lies weiter auf Seite 8 ♥.

♣

Um dich herum ist alles blaugrün. Du schaust dich verwirrt um. Plötzlich wirst du von zwei starken Händen gepackt und nach hinten gerissen. Mit einer rauen Stimme wirst du gefragt: „Woher kommst du Fremder? Bist du ein Spion des feindlichen Königs Lefad? Ich an deiner Stelle würde nicht lügen denn wir sind bewaffnet!"

Du schaust die beiden Wesen zitternd an und schreckst zurück. Was ist denn das? Anstatt ihren Beinen haben sie Flossen so, wie bei den Nixen in deinem Buch mit den Fabelwesen. Dann schaust du an dir herunter. Und... das darf doch nicht wahr sein! Auch du hast einen solchen Nixenschwanz. Die Wachen gucken dich immer grimmiger und sehr ungeduldig an. „Antworte!" Völlig durcheinander stotterst du: „N-n-n-n-ein i-i-i-i-ich b-b-b-bin k-k-k-k-kein S-s-s-s-spion, i-i-i-i-ich h-h-h-h-h-abe m-m-m-m-m-ich v-v-v-v-verirrt! W-w-w-o b-b-b-bin i-i-i-ich?" Die Wachen sind gereizt über deine Stotterei und erwidern mit missmutiger Stimme: „Du bist im Reich des Königs Lonard im Wasser Gela!" Du atmest – ja atmest – tief durch und entschließt dich blitzschnell für eine Notlüge. Die Gefahren, die du bisher bestanden hast, waren auch nicht schlimmer als das, was jetzt geschieht. „Meine Eltern sind von den Wachen des Königs Lefad gefangen genommen worden und jetzt weiß ich nicht wo ich hin soll. Wisst ihr nicht einen Unterschlupf für mich?" Prüfend schauen die Wachen dich an. Nehmen dich dann aber recht sanft in ihre Mitte. „Du siehst ganz Vertrauen erweckend aus. Komm mit, der König hat ein großes Herz." Die Wachen setzen dich vorsichtig auf eine Kutsche, die von vielen kleinen Fischen gezogen wird.

Vor einem großen Gebäude mit riesigen Türmen hält die Kutsche schließlich. Ihr schwimmt in das Gebäude und einen langen Flur entlang. Vor einer unglaublich hohen Tür macht ihr Halt und die Wachen schubsen dich in eine Halle, die bestimmt zehnmal so groß ist wie dein Wohnzimmer und zweimal so groß wie dein Haus. Auf einem Thron am Ende der Halle sitzt ein alter Mann mit langem Bart und einer goldenen Krone. Auch er hat einen Fischschwanz. Das muss der König dieses Gewässers sein, denkst du dir und schwimmst langsam auf den Thron zu. Es ist ungewohnt oberhalb des Bodens sozusagen zu schweben, aber nicht unangenehm. Der alte Mann lächelt freundlich und zeigt mit einer Handbewegung an, das du zu ihm kommen sollst. Vorsichtig kommst du näher.

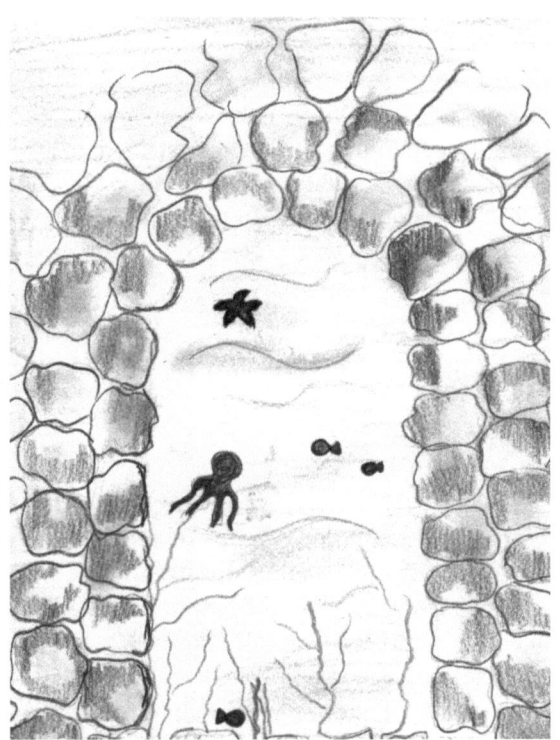

Du hast dich entschlossen, deine Lüge weiter zu führen und sagst mit vielen Verbeugungen und mit leiser Stimme: „Ich bin Waise, meine Eltern sind von König Lefad entführt worden und jetzt suche ich ein Zuhause. Könnt ihr mir helfen?" „Aber sicher für dich lässt sich bestimmt noch ein kleines Zimmer finden. Jela, führst du den Jungen bitte in das leere Zimmer im Ostflügel?", sagt der König mit einer Handbewegung zu dir, die dir anzeigt der Frau zu folgen die am Ende der Halle steht. Im Gehen bedankst du dich noch aber der Dank verschwindet in der Größe der Halle. Die Frau führt dich zu einem Zimmer. In der Mitte des Zimmers steht ein riesiges Bett, das mit Seegras bedeckt ist und sich im blaugrünen Wasser hin und her wiegt. In der Ecke steht – oder besser gesagt schwimmt ein großer Kleiderschrank, bestimmt so hoch wie zwei Männer und so breit wie drei Mammutbäume ist. In dem Schrank hängen viele wertvoll aussehende Kleider die sich nur ein König leisten kann. Du schwimmst durch den riesigen Raum. So ein großes Zimmer hattest du noch nie.

Vom Fenster aus hast du einen wunderbaren Blick hinaus auf die Wasserstadt des Königs Lonard. Überall schwimmen kleine glänzende Fische umher und Muscheln hängen an den Häusern der Stadt. Du kannst dich gar nicht satt sehen! Plötzlich entdeckst du ein Wesen, das du noch nie gesehen hast. Es sieht ein bisschen aus wie eine Muschel, doch irgendwie hat es auch Ähnlichkeit mit einem Hummer. Das Tier ist aber eindeutig zu groß, um in einem Gewässer zu leben, was du so von der Erde kennst. Du schaust näher hin und kannst den Blick nicht von dem Wesen wenden. Es reckt seinen Kopf und gibt Laute von sich, die eher wie eine Sprache als wie Tierlaute klingen. Wenn du genau hinhörst, kannst du sogar etwas verstehen. Die Worte sind jedoch zu leise um sie genau zu erkennen. Du beugst dich aus dem Fenster, damit du hören kannst was das Tier dir zu sagen hat. Doch du hast dich zu weit nach vorne gelehnt. Alles was du vorhin gesehen hast zieht schnell an dir vorbei. Du bekommst ein komisches Gefühl im Magen. Und dann merkst du nichts mehr.

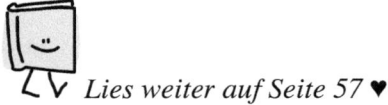

Lies weiter auf Seite 57 ♥

Es ist schwarze Nacht. Du versuchst dich zu orientieren und schaust dazu nach oben. Vom Himmel ist nichts zu sehen, aber du erkennst einen Schiffsmast und eine Fahne. Auch gurgelt und gluckert es leise vor sich hin – du bist auf einem Schiff gelandet! Aber auf welchem? Mühsam versuchst du trotz der Dunkelheit etwas zu erkennen. Du schaust noch einmal nach links – ach je, wieder eine andere Zeit… Es ist eine Piratenflagge! Du stellst dich hin und schaust dich ein zweites Mal um: Da läuft eine Ratte. Igitt, denkst du. Vorsichtig drehst du dich ein wenig und schleichst über Deck. Alles ist sehr ruhig und still. Nur in einer Ecke bewegt sich etwas. Langsam und immer in Deckung schleichst du dich näher und siehst, als du um eine Kiste herumschaust, in der Ecke einen Piraten auf einem alten Fass sitzen. Er hat ein Huhn geschlachtet und summt leise vor sich hin, während das Blut um ihn herum tropft. Er hat ein gestreiftes T-Shirt an und eine braune Hose. Alles ist sehr dreckig. Du bekommst Angst und versuchst, dich wieder weg zu schleichen. Vielleicht findest du ja ein kleines Boot, mit dem du dich unbemerkt davon schleichen kannst? Aber plötzlich rutschst du aus und fällst hin. Es gibt einen riesigen Krach. Der Pirat, der eben noch so still gesessen hat, brüllt, Türen schlagen und auf einmal kommt die ganze Meute johlend an Deck. Du versuchst zu fliehen und rennst in die andere Richtung, aber dort stehen plötzlich auch Piraten… Mutig springst du auf den Piraten zu, rutschst auf dem nassen Boden erneut aus und gleitest dem Piraten durch die

Beine. Du drehst dich um und siehst das Fass nicht, was vor dir auftaucht. Du prallst gegen das Fass und dein Kopf dröhnt. Minutenlang siehst du nur alles schwarz vor den Augen. Als du wieder zur Besinnung kommst, liegst du in einem dunklen Raum. Überall liegen stinkende Fische und du hörst eine fremde Stimme „Angriff!" brüllen. Das ist meine Rettung, denkst du und willst dich wieder heimlich an Deck schleichen. Doch gerade, als du an der Tür des Raumes angekommen bist, öffnet sie sich und ein Pirat steht vor dir. „Rauskommen und kämpfen, oder du wirst wie alle die es nicht tun jetzt und hier getötet", brüllt er dich an. Erschrocken gehst du mit die Treppe hoch und bekommst eine Waffe und ein Schwert in die Hand gedrückt. Als du an Deck kommst, tobt dort ein Kampf. Fassungslos siehst du Piraten und ihre Gegner verbluten und ertrinken. Keiner achtet mehr auf dich und kurzerhand versteckst du dich wieder. Lange tobt der erbitterte Kampf und schließlich wird dein Schiff eingenommen. Gerade, als du dich zu erkennen geben und um Hilfe bitten willst, erkennst du, dass andere Piraten das Schiff überfallen haben und du nur vom Regen in die Traufe gekommen bist. Um nicht gefunden zu werden, rennst du zurück in den Raum, wo du gefangen gehalten wurdest. Doch die Piraten suchen das ganze Schiff nach Schätzen und Überlebenden ab. So finden sie auch dich und legen dir Fesseln an. Johlend schnappt sich ein Pirat deine Füße und schleift dich kopfüber die Treppe hoch. Du stößt dir mehrmals den Kopf, dann ertönt so ein lauter Knall, dass du meinst, deine letzte Stunde hätte geschlagen…

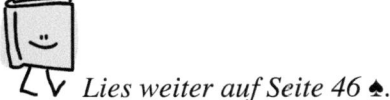

Lies weiter auf Seite 46 ♠.

Du hast dich entschieden, weg zu rennen und stürmst auf die Tür zu, die dir am nächsten liegt, und öffnest das breite Portal. Die Wachen, die draußen stehen, werden sofort auf dich aufmerksam, als du an ihnen vorbeistürmst und rennen dir nach. Doch du bist zu schnell und läufst außerdem geschickt um die nächste Ecke. Im Weiterlaufen siehst du eine kleine Nische in einer Mauer und stellst dich dort schnell hinein. Keuchend beobachtest du, wie mehrere Wachentrupps an dir vorbeilaufen. Sie sehen dich nicht. Auch die Wachen, die suchend nach rechts und links schauen, laufen an deinem Versteck vorbei. Als es wieder etwas ruhiger wird, willst du dein Versteck verlassen. Doch erneut kommen Wachen an dir vorbei. Du duckst dich schnell wieder und zum Glück bemerken sie dich nicht, da sie in ein Gespräch vertieft sind. Resigniert siehst du ein, dass es sehr schwer für dich werden wird, aus Cäsars Palast heraus zu kommen, da ständig neue Wachen kommen und gehen. Alle sind alarmiert. Du überlegst, dass es am besten ist, wenn du dich Stück für Stück weiter arbeitest und rennst immer dann, wenn es ruhig scheint, ein wenig weiter. So kommst du, immer dann, wenn die Wachen wieder um eine Ecke verschwunden sind, von Nische zu Nische rennend langsam voran. Dies tust du so lange, bis du irgendwann ein großes Portal siehst. Doch auch vor ihm stehen viele Wachen. Wie sollst du es nur aus diesem verfluchten Palast heraus schaffen?

Nach einigen Minuten Nachdenkens kommt dir eine rettende Idee in den Sinn: Du wartest, bis die Wachen abgelöst werden. Wie du es vorausgesehen hast, geschieht dies nach einigen Stunden und da das Portal während des Wachablösezeremoniells geöffnet wird und für einige Sekunden unbeobachtet ist, gelingt es dir, unbemerkt hinauszuschlüpfen. Draußen! Endlich wieder stehst du draußen! Es tut richtig gut, wieder an der frischen Luft zu sein! Wie gebannt schaust du zum Himmel. Die Abenddämmerung ist einfach wunderschön.

Während du noch versonnen den Himmel betrachtest, überlegst du schon gleichzeitig, was du als nächstes tun sollst. Unschlüssig gehst du ein paar Schritte voran und streifst schon ein paar Minuten später durch die Straßen Roms. Nach einiger Zeit fällt dir an einem Laden ein Schild auf. Auf ihm stehen viele lateinische Buchstaben und du brauchst, obwohl du in Latein ausgesprochen gut bist, etwas länger, bis du wenigstens einiges entziffert und den Sinn verstanden hast: „Suche …. Schuster… als… Gehilfen. …. Melden … nächste Straße… links…. Haus II." Ah, denkst du, Schustergehilfe gesucht!

Entscheide dich! Möchtest du im alten Rom eine Arbeit annehmen, dann lies weiter auf Seite 29 ♥. Hast du aber überhaupt keine Lust, arbeiten zu gehen, lies weiter auf Seite 42 ♣.

Du gehst die große Treppe hinauf und klopfst an eine hübsche, weiße Tür. Eine piepsige Kinderstimme antwortet: „Herein!?" Vorsichtig öffnest du die Tür. Du bist erstaunt. So ein hübsches Zimmer hast du noch nie gesehen. Es ist rosa gestrichen und auf dem Boden liegt ein schneeweißer Teppich. In einer Ecke steht sogar ein großes Himmelbett. Der Vorhang ist geschlossen. „Wer ist da? Was ist denn?", fragt die Stimme hinter dem Vorhang. Unsicher antwortest du: „Ich bin die neue Zofe."

Langsam öffnet sich der Vorhang und ein kleines Mädchen mit blonden Locken und einem hübschen, gelben Kleid klettert aus dem Bett. Sie sagt dir, dass sie Sophie heißt und 6 Jahre alt ist. Ihr versteht euch von Anfang an gut. Schnell habt ihr euch aneinander gewöhnt und du gehst jeden morgen in ihr Zimmer, machst sie fertig und spielst den ganzen Tag mit ihr. Bald steht Sophies 7. Geburtstag an. Natürlich möchten ihre Eltern, dass dieser Tag in Kassel, Sophies Geburtsstadt, gefeiert wird. Also packst du am Abend vor dem großen Tag ihren kleinen Koffer und bringst sie ins Bett. Nach zwei Gutenachtgeschichten schläft sie dann auch endlich ein.

Am nächsten Tag geht alles furchtbar schnell. Es wird nicht einmal auf dem Gut gefrühstückt. Du ziehst das kleine Geburtstagskind an und kämmst schnell durch ihre Locken. Dann trägst du sie in die Kutsche und schon geht es los. In Kassel angekommen haltet ihr vor einem schönen Haus. Du steigst aus der Kutsche und hilfst auch Sophie beim Aussteigen. Sophie rennt sofort in das Haus. Zögerlich nimmst du alle Koffer und folgst ihr. In der Eingangshalle kommen zwei junge Männer auf dich zu und nehmen dir die Koffer ab. Du gehst durch eine hübsch verzierte Holztür und kommst aus dem Staunen gar nicht mehr heraus. Am Ende der Halle, in der du jetzt stehst, befindet sich ein riesiger Tisch mit über 100 Geschenken. Du lächelst. Da kann Sophie nicht weit sein. Doch zu deiner Überraschung sitzt das kleine Mädchen brav zwischen ihren Eltern und verdrückt gerade die Vorspeise von ihrem großen Geburtstagsessen. Als sie dich sieht winkt sie dir fröhlich zu und deutet auf einen Stuhl am Nachbartisch. Dort sitzt bereits Arno, der Kutscher. Du winkst zurück und setzt dich auf den Stuhl. Es ist wirklich das beste Essen, das du in deinem ganzen Leben gegessen hast. Es gibt Lammbraten mit Kartoffeln und Reis. Und Unmengen an sonstigen Beilagen und Saucen. Als Nachtisch gibt es eine riesige Torte. Davon darfst du leider nichts essen, denn diese Torte ist nur für Sophie und ihre Familie. Arno erzählt dir, dass Sophie hier jedes Jahr ihren Geburtstag feiert und dass die Feier genau 7 Tage dauert. „Wenn es immer so leckeres Essen gibt, habe ich damit kein Problem", sagst du grinsend.

Entscheide dich! Wenn du dir sicher bist, dass du weiterhin bei Sophie und ihren Eltern bleiben möchtest, lies weiter auf Seite 22 ♥. Wenn du aber meinst, dass ein Job als Zofe etwas langweilig werden könnte, lies weiter auf Seite 37 ♠.

♥

Du öffnest die Augen und findest dich in einem dunklen Wald wieder. Du hast Angst, denn im Hintergrund hörst du merkwürdige Laute. „Was ist das?" fragst du dich. Es kommt näher! Du wirfst dich auf dem Boden ins feuchte Laub. Du hältst den Atem an und richtest deine Augen auf einen alten Baum gegenüber von dir. Er ist mit Moos bedeckt und in der Krone späht ein Rabe nach etwas. Das Geräusch kommt immer näher, du hörst Schritte. Leise hüllst du dich verkrampft ins Laub. Vor dem komischen Baum erscheint ein Junge mit einem glänzenden Schwert. Er entdeckt dich nicht, denn du verbirgst dich immer noch im Laub hinter einem kleinen Busch. Außerdem konzentriert er sich überhaupt nicht auf seine Umgebung, sondern springt wie wild im Kreis. Du bist sehr verwundert und denkst: „Wie sieht der denn aus und was macht der?" Gebannt schaust du dem Jungen zu. Er trägt ein weißes Gewand und abgenutzte Sandalen. Der Junge dreht sich immer wilder und wilder mit seinem Schwert im Kreis umher. Auf einmal bleibt er wie angegossen stehen und horcht. Gespannt wartest du, was dann passiert. Der Junge bleibt weiterhin stehen. Du wartest und wartest doch es passiert nichts. Plötzlich läuft es dir wie ein kalter Schauer über den Rüchen. Was ist das? Der merkwürdige Baum fängt an zu bluten! „Wieso? Wieso?", winselt der Junge und fällt auf die Knie. Du hörst das Heulen eines Wolfs, die Vogelstimmen die du zuvor hörtest verstummen. Es ist auf einmal still, sehr still.

Dann durchbricht der Rabe die Stille. Er krächzt und greift den Jungen an. Aufgeregt flattert er um ihn herum und stochert auf ihn ein. Dann erscheint hinter dem merkwürdigen Baum ein Wolf. Auch er heult wieder und sein Geheule wird immer lauter. Der Wolf fletscht die Zähne, hetzt auf den Jungen zu, springt und beißt in den Arm des Jungen. Der blutende Junge schließt die Augen und beißt die Zähne zusammen als ob er die Tiere vorhergesehen hätte. Du kannst gar nicht fassen, was da gerade passiert und verharrst weiter in deinem Versteck. Die Tiere verunstalten den Jungen weiter und weiter bis dieser tot zu Boden fällt. Du wünscht dir diese Gewalt würde endlich aufhören, aber die Tiere beißen und kratzen weiter auf den toten Jungen ein. Nach einer weiteren schrecklichen Minute hören die Tiere endlich auf, den Jungen zu verunstalten. Sie beruhigen sich, lecken das Buch von der Hand des Jungen ab und laufen und fliegen weg.

 Entscheide dich! Wenn du zu dem toten Jungen gehen willst, lies weiter auf Seite 39 ♠. Wenn du aber lieber doch noch in deinem Versteck bleibst, lies weiter auf Seite 40 ♥.

Seite 39 ♠ ... *Seite 40 ♥.*

♦

Du bist entschlossen, den Mann zu erledigen und momentan ist dir egal wie. Ohne nachzudenken schlägst du auf ihn ein. Doch leider ist er viel stärker als du. Schon nach kurzer Zeit bekommst du kaum noch Luft – dann wird dir schwarz vor Augen…

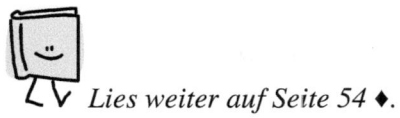 *Lies weiter auf Seite 54 ♦.*

Dein Herz schlägt dir bis zum Hals. Schnell folgst du der Familie. Sie gehen in einen dunklen Keller. Dort angekommen setzen sie sich auf den Boden und sprechen kein Wort mehr. Auch du hast dich hingesetzt. Vorsichtig rutscht du zu einer Frau, die mit ihrem kleinen Kind in einer Ecke zusammen gekauert sitzt. Du fragst sie was los ist und warum alle weggerannt sind. Sie erklärt dir, dass ihr Land mit Preußen im Krieg steht, wie du bereits in der Zeitung gelesen hast. „Vielleicht zerstören sie die ganze Stadt? Dann müssen wir alle sterben. Mein Kind ist doch gerade einmal zwei Jahre alt. Ich habe fürchterliche Angst. Wahrscheinlich werden sie die Stadt einnehmen. Es wird schrecklich werden.", klagt die Frau weinend.

Mehrere Tage seid ihr in diesem Keller und jeden Tag hört ihr, wie überall in der Stadt geschossen wird. Am achten Tag ist der Schusswechsel so nah, dass ihr meint, die kämpfenden Truppen stünden direkt vor dem Keller… Voller Angst glaubst du, dass du in diesem Keller nicht mehr sicher bist. Doch hinaus auf die Straße kannst du auch nicht. Alle Menschen um dich herum machen sich bereit, in den nächsten Stunden oder Minuten zu sterben. Sie beten, umarmen sich, jammern und verfluchen die Preußen. Doch du hast noch nicht aufgegeben. Suchend kriechst du auf dem Kellerboden herum. Keiner beachtet dich. Plötzlich siehst du in einer Ecke ein kleines Licht aufblitzen. Das muss ein Ausgang sein. Du bist aufgeregt. Bist du jetzt gerettet? An die anderen denkst du gar nicht mehr. Du drehst dich ein letztes Mal um und kriechst dann immer weiter auf das Licht zu. Als du denkst, du müsstest eigentlich mit dem Kopf an die Wand stoßen, bekommst du einen Stoß von hinten. Du fällst…

Lies weiter auf Seite 6 ♠.

Impressum

„Die Erben Quintins" ist der Name unserer Schreibwerkstatt am Steinbart Gymnasium in Duisburg. Quintin Steinbart (1841-1912), unser Namenspatron, studierte an der Universität Berlin Mathematik, Physik und wurde 1875 Direktor des heutigen Steinbart Gymnasiums, das am Kant-Park neben dem Lehmbruck-Museum in der Innenstadt von Duisburg liegt.

Wir, das sind folgende Schüler und Frau Dr. Ausborn-Brinker, unsere Lehrerin:

Mein Name ist *Colin Tesch*, ich bin 11 Jahre alt und gehe in die 5. Klasse.

Ich heiße *Fabian Wiechert*, bin 13 Jahre alt und in der 7. Klasse.

Mein Name ist *Georg Riege* und ich gehe in die 7. Klasse.

Mein Name ist *Gesa Jahnke* und ich gehe in die 7. Klasse.

Ich bin *Josefine Probst*, 13 Jahre alt und gehe in die 7. Klasse.

Mein Name ist *Laura Kühnel*, ich bin 14 Jahre alt und besuche die 8. Klasse.

Ich heiße *Lena Greifzu* und gehe in die 8. Klasse.

Ich heiße *Leslie Hödgen* und bin 13 Jahre alt. Ich gehe in die 8. Klasse.

Ich heiße *Lydia Kühn* und besuche die 7. Klasse.

Ich heiße *Maximiliane (Maxi) Remmert*, bin 13 Jahre alt und gehe in die 8. Klasse.

Mein Name ist *Sophie Madar*. Ich bin 13 Jahre alt und besuche die 8. Klasse.

Mein Name ist *Stefanie Römer*, ich bin 13 Jahre alt und gehe in die 7. Klasse.

Mein Name ist *Dr. Sandra Ausborn-Brinker*, ich begleite die Schreibwerkstatt bei ihrer Arbeit und unterrichte am Steinbart Gymnasium die Fächer Deutsch, Philosophie und Praktische Philosophie.